SOBREVOANDO BABEL

ADILSON XAVIER

SOBREVOANDO BABEL

EDITORA RECORD
RIO DE JANEIRO • SÃO PAULO
2012

CIP-Brasil. Catalogação na fonte
Sindicato Nacional dos Editores de Livros, RJ

X32s Xavier, Adilson, 1955-
Sobrevoando babel / Adilson Xavier. - Rio de Janeiro: Record, 2012.

ISBN 978-85-01-09927-3

1. Ficção brasileira. I. Título.

12-4099 CDD: 869.93
CDU: 821.134.2(81)-3

Capa: Leonardo Iaccarino

Editoração eletrônica: Abreu's System

Texto revisado segundo o novo Acordo Ortográfico da Língua Portuguesa.

Impresso no Brasil

ISBN 978-85-01-09927-3

"Que tempos difíceis eram aqueles: ter a vontade e a necessidade de viver, mas não a habilidade."

Charles Bukowski

Douglas.

ORADORES NO PÚLPITO. JUÍZES NA MESA EMINENTE. Observadores no pico da torre.

Deuses no Olimpo. Campeões no pódio. Eu, subindo.

A vida é cheia de altos e baixos. Melhor manter-se nos altos.

Douglas Emiliano Gomes, especialista na arte de estar por cima. Muito prazer.

Adoro decolar, arrancada sem titubeios, reta, possante, comandada pelo rugido feroz das turbinas, afastando-nos do chão, do que não vale a pena, dos detalhes, odeio detalhes, aquelas coisinhas liliputianas que conspiram o tempo todo contra o que ascende. Por falta de um prego, perde-se a ferradura; por falta de uma ferradura, perde-se o cavalo; por falta do cavalo, perde-se o cavaleiro; por falta do cavaleiro, perde-se a batalha; por falta da batalha, perde-se o reino. Pregos são detalhes, podem pôr tudo a perder.

Acima das nuvens, tapetão algodoado, nada me atinge, nada me preocupa. O que é rasteiro segue seu destino rastejador, a essa altura sequer adivinhando minha existência.

Quando voo, sinto-me confortavelmente só e salvo, pura sensação de poder. Chuvas, trovoadas, terremotos, passeatas, greves, auditores, ONGs, qualquer possível ameaça subitamente se torna pequena, como as minúsculas luzes vacilantes que reduziram a megacidade de São Paulo a uma disforme constelação. Invertem-se as posições. Chão se transforma em céu, de ponta-cabeça, visto de cima para baixo, com suas estrelas-prédios, estrelas-casas e estrelas-carros, onde convivem comédia e drama, afeto e estupro, parto e assassinato, virtude e corrupção... luz e sombra, se alternando, piscando, tão distantes que não mais cintilam, esvaziadas pelo poderoso dimmer que em breve as apagará por completo. Não mais importam. Fora do campo de visão, rastejam sob meus pés, livres dos sapatos, aconchegados agora em pantufas de primeira classe.

Só a big picture me interessa, a visão ampla dos big bosses. Os bigs se procuram, e, acima de tudo, se acham, no mais amplo sentido do se achar. Pra que se preocupar com miudezas? Minha vocação é a floresta, não árvores, arbustos ou animaizinhos que se movem sob as folhas. Generais existem para o geral, daí vem seu título, e nas generalidades não há espaço para particularidades. É a ordem natural das coisas. Sorry, soldado, você é raso, não conta. Se algo sai errado, seu nome fica registrado como "baixa", humilhante contradição com o que consideramos "alta". Alta patente, altos escalões, altos postos, alta sociedade, o topo da pirâmide.

Viajo muito, e bem, pela mais legítima e deliciosa obrigação profissional. Essa mordomia que desfruto não me custa nada.

— Codorna recheada como prato principal e o bordeaux, a safra é ótima. Prefiro não ser acordado para o café da manhã. Por enquanto, um pouco de caviar, dois blinis, cebola picada e limão, por favor, humm, e uma tacinha de champanhe, não, não, vodca combina melhor com caviar, e essa é russa, falam a mesma língua.

Como dizia, é tudo pago pela empresa que tem a sorte de contar com meu talento e minha capacidade de decisão. Faz parte do exercício de distanciamento que os executivos de alto nível precisam fazer. Proximidade provoca emoções inúteis, sentimentalismo improdutivo. Lembre-se do Enola Gay, o tataravô deste Boeing que me leva, precursor da explosão gay, desculpe a piada de mau gosto. Quem estava dormindo em Hiroshima, talvez sonhando com o futuro? Quem estava a caminho do trabalho, em trabalho de parto, partindo sem volta, voltando sem chegar? Crianças, idosos, mulheres, indefesos e inofensivos de toda ordem, a carnificaria se restringiu a eles, sem respingar em quem decidiu ceifá-los ou em quem executou as ordens. Apenas apertar um botão, nada de ver, nem ouvir, nem sequer pensar nos estragos. Bendita a distância que torna todos os efeitos invisíveis. O que não se vê, simplesmente, não existe. Aleluia!

Vamos passar a noite atravessando o Atlântico, até que do outro lado surja Paris. Medo, sim, um pouco. Quilômetros e quilômetros de águas profundas, especialmente tenebrosas para quem não consegue ir além de umas poucas braçadas. Mas basta a consciência da superfície, daquele espelho interminável que parece competir com o céu, nada mais. Lá está ele, absoluto, mas impossível de ser visto na escuridão, portanto irrelevante, ou — melhor ainda — inexistente. Neste exato momento, o mundo se resume a esta cabine de avião, os recursos da poltrona hi-tech, os filmes e músicas disponíveis a bordo, os drinques, as refeições, meu livro inseparável, o e-reader, o laptop onde repasso os números fajutos da apresentação que farei na Champs Elisées, os passageiros com suas diversas expectativas: negócios, férias, estudos, visitas a parentes... dois deles, barbudos e vestindo túnicas, me forçam a pensar em terrorismo (paranoia), muitos em breve expelindo gases que empestarão o ar viciado da aeronave durante a madrugada. E a tripulação, burocrática com a classe econômica, gentil com a classe executiva, servil com a primeira classe. Linda essa comissária que me trouxe o menu, bem maquiada, cabelo irretocável, o uniforme a lhe acentuar as formas com a necessária discrição, e os gestos, refinados, suaves, de gueixa, bailarina clássica, quase uma Catherine Deneuve. Vai ser ótimo passar a noite com a Deneuve, e ver que amanhã de manhã, mesmo sem dormir, ela continuará impecável, bem-disposta, se derretendo em paparicos regulamentares.

Bom sinal. As recomendações de segurança do voo foram feitas em vídeo. Me incomoda ver comissárias submetidas à antiga performance de ajustar cinto, puxar máscara de oxigênio "em caso de despressurização da cabine", apontar saídas de emergência e vestir o ridículo colete salva-vidas — "para inflá-lo, puxe estas cordinhas, ou assopre neste tubinho, mas só depois que estiver fora da aeronave" —, enquanto todos os passageiros conversam, preenchem formulários de desembarque, prestam atenção em qualquer outra coisa, menos no ritual das dedicadas profissionais. Sempre que isso acontece, acabo olhando para elas, movido por um irresistível impulso de solidariedade. Foi numa dessas erupções humanitárias que meus olhos encontraram os de Paula. São Paulo-Nova York, mais de vinte anos, como o tempo passa!, ainda engatinhava na carreira. Seu olhar varria a cabine da esquerda para a direita, e, ao que tudo indica, só eu prestava atenção, imaginando se alguém teria calma para pensar naquelas instruções se as máscaras amarelinhas de repente despencassem do teto do avião em pleno voo. "Puxe para si a máscara mais próxima, ajuste o elástico por trás da cabeça, respire normalmente, e só depois ajude a pessoa que está ao seu lado", mesmo que essa pessoa seja seu filho, um parente com dificuldades motoras ou uma velhinha em pânico, viu, seu egoísta? Emergências num avião requerem o sangue-frio de decisões empresariais: primeiro o instinto de sobrevivência, depois o cérebro, nunca o coração. Na terceira varredura de olhar, ao esbarrar novamente com minha simpática consideração, brotou em seu rosto um sorriso resplandecente. Sorri de volta. Ela corou. E assim começou a mais gostosa aventura de minha vida.

Foi na época de Valéria, minha primeira, chegou ao início de Júlia, minha segunda, e só não atingiu minha terceira porque Paula, aquela tesuda, deliciosa, desapareceu de repente. Azar meu, sorte da Cíntia, com quem felizmente não cheguei a casar, nem tive tempo de traí-la, nem lembro por que começamos. Um ano juntos e tchau, a única a quem fui fiel. Desperdício.

Mamãe era especialmente apegada a Valéria, deve sentir sua falta até hoje. Com Júlia, relação mediana, Cíntia, quase nada, Amanda, nunca viu. A primeira a gente não esquece, acho que esta frase também se aplica às noras.

Minha estreia casamenteira foi em grande estilo, complicada desde os primeiros momentos, maus presságios, na época inadivinháveis, agora evidentes: gravidez acidental, famílias tradicionais, festa arrumada às pressas, e meu pai resolvendo morrer três dias antes. Adia, não adia, desiste, continua. O buffet, a igreja, os convidados, tanto dinheiro investido, tanto movimento, tudo engrenado, parar a locomotiva àquela altura? Lembro das expressões entre chocadas e aliviadas com minha determinação: "Enterramos o velho e, daqui a três dias, fazemos a festa. Vai ser bom ter um pretexto para esquecer o luto." Estava abalado, claro, era meu pai que se encontrava no caixão, vestindo o terno que seria usado na cerimônia do casamento, e — o mais relevante, ainda que menos óbvio para quem acompanhava o espetáculo — eu gostava dele. O fato é que, além de abalado, eu estava irritado. Não suportava mais todos andando em círculo, baratas tontas, quase lamentando mais o possível adiamento da festa do que a morte do pai do noivo. Mais um pouco e meu velho seria rotulado de desmancha-prazeres. Sacanagem infartar daquele jeito. Bando de gente falsa. A maioria guardando um silêncio de reprovação disfarçado de reflexão, muitos articulando palavras de apoio carregadas de hipocrisia, e a tolinha da Valéria enxergando rompantes de romantismo no que não passava de pragmatismo. Saldo final: vários bolsos e consciências preservados, e eu, no banco dos réus.

Na festa, o que mais se ouviu entre sussurros e vozes embargadas foi: "Queríamos adiar o casamento, mas o Douglas foi tão incisivo..." Mas depois desse preâmbulo, os brindes efusivos, conversas em altas vozes, gargalhadas, a animação de sempre. As pessoas se comportam como a ocasião exige, nada além disso, raramente nos surpreendem.

A mim restou o papel de filho desnaturado, responsável implacável e detestável pelo desenlace do dilema que nos preparou o destino, antena parabólica captadora de toda a culpa, todos os remorsos. Mamãe oficialmente jamais me perdoará por ter agido, como ela definiu na época, com tamanha frieza. Mas, no fundo, tenho certeza de sua gratidão muda pelo ponto final que coloquei naquela pantomima. Papai, não sei se me condenaria, mas, querendo ou não, acabou condenando. Deixou-me diante do pelotão de fuzilamento sem aviso prévio, sem venda nos olhos que me escondesse o embaraço, apenas com um incômodo peso na consciência e uma herança de merda: um Smith & Wesson prateado, calibre 45, sem registro, carregado de complicações. Minha irmã, essa não conta, apenas observava, muda e paralisada como de hábito.

Sempre fui prático. Não perco tempo com lamúrias, só vou a cemitérios em casos de inevitável proximidade familiar ou obrigação profissional, só visito doentes se tiver algo objetivo para fazer, nada de conversinhas terapêuticas, tipo "Você está com uma aparência ótima!". Se é para mentir, que seja em ocasiões mais interessantes e de maneira mais convincente. Graças a esse jeito de encarar a vida, cheguei aonde cheguei: meu cargo, minha cobertura dúplex, meus carros, minha casa de praia, minha lancha, meus bens, meus ótimos, meus excelentes. Moro numa cobertura deslumbrante nos Jardins, dirijo um Jaguar, um BMW e um Cherokee blindado, alternadamente, segundo a ocasião, meu estado de espírito, e o número das placas, uma com final par, duas com final ímpar, para não ter problemas com o sistema de rodízio imposto aos paulistanos. Dirijo, às vezes, pelo simples prazer de dirigir, mas, na maior parte do tempo, sou levado por meu motorista, Afrânio Caldeira, um gaúcho competente, solícito e principalmente discreto, que me permite adiantar a vida quando o trânsito de São Paulo insiste em atrasá-la. Tenho uma casa cinematográfica em Ilhabela, onde fica ancorada a lancha que, não por acaso, batizei de *Magnata*. Sou habitué dos melhores restaurantes de São Paulo, um dos poucos que conseguem mesa no D.O.M. para o mesmo dia, recebido com pompas pelos maîtres do Fasano, do Parigi, do Cantaloup e do Bela Sintra, a quem basta pedir "o de sempre", ou alterar a composição dos pratos do cardápio, ou mesmo, como já aconteceu duas vezes no Fasano, dizer o que está me apetecendo e fazer surgir sobre a mesa algo que não consta de nenhuma das alternativas oferecidas aos clientes... Tudo o que me cerca reforça o estilo do personagem que criei para mim.

Há alguns anos, após analisar meu balanço de vivências e decepções, decidi que não vale a pena acreditar em abstrações como amor ou coisas do gênero. Minha fé se concentra na competência, na articulação, no planejamento. Meu deus é o Mercado — o mais previsível e objetivo dos deuses. Nunca se omite. De um jeito ou de outro, sempre resolve tudo. Seus mandamentos não se prestam a sutilezas, são sólidos, nítidos, imutáveis, baseados no ápice da evolução humana: a matemática. Os anjos do deus Mercado são os números, e contra números não existe argumento. Felizes os que gozam de sua intimidade a ponto de poder manipulá-los.

O que me comove? O sucesso. Não que eu despreze a emoção, muito pelo contrário. Sei do que a emoção é capaz. Por isso, eu a encaro com tanto respeito que, às vezes, chego a temê-la. Temor reverencial, diriam os religiosos. Prefiro domá-la, administrá-la, usá-la em causa própria. Fingir emoção é muito melhor do que sentir. Permite-nos o benefício da boa impressão provocada nos circunstantes, sem o custo de revelar fragilidades inconvenientes.

Desnecessário, mas oportuno, dizer que nada é absoluto. Minha mãe, por exemplo, me emociona de verdade, me comove, me impele a ampará-la, mas é diferente. Depois do AVC, coitada... Ainda assim, não escapa da planilha mental com que esquadrinho tudo à minha volta. Considerando que ela é responsável por algo em torno de 20% do que sou hoje (parte em transferência genética, parte em afeto, parte em orientação) — os outros 80% divididos entre pai (10%), ambiente social (15%), escolas (15%), talento inato e esforço pessoal (40%) —, e que o custo do home care completíssimo que lhe ofereço, embora exorbitante, não chega a 10% de meus ganhos líquidos oficiais mensais, e ainda é dedutível do imposto de renda. Enfim, considerando todos esses percentuais, se não exatos, ao menos como ordem de grandeza, estou basicamente quitando uma dívida existencial, e ainda continuo no lucro. Já que não posso resolver o estado de paralisia que a maltrata mais do que maltrataria a morte, pelo menos viabilizo um tratamento de primeira: cama totalmente controlável por comando eletrônico, cadeira de rodas top de linha e um aparato de serviços profissionais bem superior ao que estou recebendo neste voo supostamente luxuoso. Duvido que Deneuve me dê comidinha na boca, ou se disponha a recolher cada gota de saliva deslizante pelo queixo se eu começar a babar de repente.

Ser presidente de uma empresa multinacional de cosméticos tem duas vantagens especiais, além dos generosos salários, pacote de benefícios, distanciamento estratégico da matriz europeia por estar incumbido da operação no tanto longínquo como incompreensível Brasil, e viagens e mais viagens, em primeira classe, que acabam gerando acúmulo de pontos em programas de milhagem suficientes para dar algumas circuladas ao redor do mundo, o que viabiliza frequentes e nababescas férias, sem que meu querido bolso seja sequer arranhado.

Vamos a elas. A primeira vantagem especial é o convívio íntimo com a vaidade humana, esse sentimento poderoso ao qual se subordinam mais atitudes do que suspeita nossa vã filosofia. A segunda é o entendimento aprofundado do universo feminino. Monitoramos constantemente as reações e os anseios de nossas consumidoras, sabemos o valor exato de cada ruga esticada, de cada fio de cabelo mantido na cabeça, transformado de branco em preto, ou tornado mais sedoso, mais maleável, mais parecido com o ideal de beleza que concretizamos ao unir top models com top produção e top photoshop. Ah, a pele, nossa embalagem! Somos seres cutâneos, superficiais por natureza.

Entender de vaidade é um trunfo considerável em todas as relações afetivas, profissionais e sociais. Saber jogar com as aparências, manipular o impacto que causamos nos outros, tornando nossa imagem ao vivo tão moldável quanto fotografias digitais. Minha roupa, meu relógio, meu celular, todos os meus equipamentos, meu penteado, meu sorriso, até o livro que acabei de colocar ao lado do nécessaire na bolsa da poltrona do avião, tudo compõe o Douglas ideal, tudo conspira a favor de um plano meticulosamente elaborado. Sou o que esperam que eu seja: o executivo bem-sucedido, firme, moderno, competitivo, seguro, aspiracional no mais amplo sentido, alvo permanente de admiradores e invejosos.

Entender de mulheres. Dizem que é impossível. Evidentemente, ninguém as entende por completo. Mas qualquer ponto adicional no desafio de decifrá-las, por menor que seja, qualquer pista, qualquer fresta por onde se vislumbre alguma luz, faz enorme diferença.

Mulheres são vítimas de sua sensibilidade e eternamente insatisfeitas com o corpo, preocupadas com os cabelos, angustiadas com as unhas, atentas à pele oleosa ou secamente ligadas em tudo que se refere à aparência. Tremem de pavor diante do tempo, que é bem mais cruel com elas do que com os homens. Demonstrar que apreciamos suas formas, seus traços, sua sensualidade, tratá-las com elogios genéricos, tipo "lindinha", é o primeiro passo para suavizar-lhes o suplício, quebrar-lhes a resistência e dar-lhes a esperança de exercer algum domínio sobre nós. Mulheres adoram o poder, tanto quanto os homens, só que o utilizam de forma mais sutil, dissimulada. As que atingem altos cargos em empresas, as juízas, ministras, ocupantes de qualquer posto com grande poder de decisão, costumam ser mais duras do que os homens no desempenho de funções semelhantes — um desequilíbrio justificável no processo, diria até natural, de compensação, por incontáveis situações de menos-valia ao longo da história. Embora o mercado já comece a desenvolver uma raça de fêmeas calejadas na disputa, executivas bem resolvidas, com estilo de jogo bastante parecido com o masculino. São elas ainda raríssimas, perigosíssimas e, por isso mesmo, minhas preferidas. Em linhas gerais, a regra básica para lidar com uma mulher é nunca desviar a atenção do eixo sensibilidade/vulnerabilidade. Acrescentando-se a essa regra os dias de TPM e os períodos de "regra" propriamente dita, que todos os meses alteram dramaticamente seu comportamento, levando-as ao extremo oposto do que costumam ser, ou tornando superlativas as características mais desagradáveis que elas normalmente teriam, fica fácil compreender por que tudo é tão difícil e imprevisível no planeta feminino. Hormônios, gêiseres de hormônios fervilhantes em permanente estado de pré-erupção, é com isso que temos de lidar se queremos conviver com esses deliciosos e desequilibrados espécimens.

Apesar de toda a imprecisão e imprevisibilidade em torno do tema, graças a minha ligeira vantagem teórica profissional, costumo me sair bem com as mulheres. De vez em quando, erro feio, como errei com Valéria, Júlia e Cíntia, mas o saldo é, digamos, minimamente positivo. Não usaria esse "minimamente" se não estivesse num momento tão delicado de minha vida quase conjugal. Pronto, lá vem a maldita pontada na cabeça, stress, pressão demais, excesso de pensamentos ricocheteando.

Deneuve acabou de retirar o que restou da entrada e coloca diante de mim o prato principal, cheira bem. Enche a taça de vinho, que bonito! Vinho é tão bonito que virou nome de cor. "Água sem gás, para acompanhar, por favor. Ah, sim, uma fatia do pão de centeio. Merci." O vinho talvez piore a dor de cabeça iniciada com a terceira dose de scotch que tomei na sala vip, Chivas 12 anos — bom nível, separado das uvas líquidas por uma providencial barreira de destilado russo —, boa combinação, desde que Escócia, Rússia e França consigam se entender lá dentro. Não dá para confiar num fígado que, além de seus habituais esbanjamentos de bilirrubinas e transaminases, se alia, como vírus oportunista, aos problemas que ocasionalmente me torturam para enfiar espetos de churrasco incandescentes nesta tão detonada caixa craniana.

Uma hora de voo. Amanda deve estar embarcando.

Amanda, mulher número 4, atual detentora do cargo, também a caminho de Paris. Executiva de mão-cheia, loura, 1,62m moderna no corte de cabelo mas sem exageros, usuária de tailleurs com caimento perfeito, que lhe destacam a silhueta esguia sem revelar maiores detalhes do corpo bem-torneado à custa de muita ginástica, disciplinada, espevitada, agitada, ambiciosa, com uma coleção de mais de 40 pares de sapatos, digna de Imelda Marcos, e um número semelhante de bolsas de grife, conectada, arguta, eficaz, organizada, admirável, dessas que se deleitam em salpicar expressões em inglês nas conversas, como se isso lhes conferisse alguma superioridade, ou evidenciasse que estão possuídas por um espírito profissional/internacional 24 horas por dia.

Depois de um primeiro relacionamento onde predominava o romantismo, um segundo onde predominava o sexo, e um terceiro onde predominava a arte — como pude acreditar nisso? —, todos retumbantemente fracassados (o de

Paula não conta, entra na categoria hors-concours), estou tentando com Amanda o que me parece a base mais promissora de casamento sustentável: o interesse. Naturalmente temperado com tesão, galanteios, ciúmes e coisas do gênero. Mas, acima de tudo, interesse.

Jamais viajamos no mesmo avião. No itinerário atual, ela passa primeiro em Madri, atrasando sua chegada à França em um dia. Tudo de propósito, de comum acordo. Somos o que se pode chamar de estranho casal. Não queremos, nem podemos viajar juntos. É assim que tem de ser, porque sempre fui um quase fiel cumpridor das leis e regulamentos que me servem, jamais deixando rastros quando eventuais descumprimentos acontecem. Compartilhamos alguns bons períodos em lugares para onde vamos separados, nunca unidos no céu, apenas no solo, em geral mais discretamente do que gostaríamos. Agimos como amantes, não nos expomos em público, nossos encontros são cercados de mistério, disfarces e uma permanente sensação de pecado que, confesso, mais agrada do que inquieta. Mas rejeitaríamos agir desse modo se não tivéssemos bons motivos e a plena consciência de que todo cuidado é pouco. São demais os perigos que nos ameaçam quando estamos em terra firme. Até porque, neste planeta que flutua entre astros, asteroides, cometas e balas perdidas, nada pode ser considerado firme.

Victor.

Uma estrela, duas estrelas, três estrelas... Difícil falar três estrelas, tre-tre junto enrola a língua. Quatro estrelas também não é fácil.

Ele só se hospeda em hotel cinco estrelas. Era desse jeito, mamãe dizia, não deve ter mudado, duvido que esse tipo de coisa mude, as pessoas se acostumam ao conforto, ouvi essa frase outro dia. Se tiver hotel com mais estrelas... seis, sete, dez, vinte... garanto que vai querer. Sempre quer mais, acho que é isso, não conheço ele tão bem assim.

Quem vive em hotéis cinco estrelas deve ser muuuuiiiiiito feliz. O brilho faz bem à alma, ilumina tudo, até os sonhos, gostei disso que eu falei, iluminar sonhos, bem bonito. Estrelas de cinema vivem em hotéis estrelados, comem em restaurantes estrelados... ovos estrelados não, que isso é coisa de pobre, ele dizia, mamãe me contou. Pobres estrelas... as cadentes... as que já perderam o brilho. E não sabem.

Amanda.

"Casamento em Las Vegas?

— Por que não?

— Porque nada é de verdade em Las Vegas. Tem Torre Eiffel falsa, tem Veneza falsa, com céu falso, e tem casamento falso celebrado por Elvis Presley falso. Fake, tudo fake. Fui clara?

— Falso é uma palavra forte demais. Talvez não reconhecido em outros países...

— Deixa de ser falso, Douglas Las Vegas!

— É válido entre nós dois, ora. Vai nos dar um papel, que funcionará como um contrato. O que mais é um casamento, se não um contrato?

— É um estado civil.

— Que nós já combinamos que não nos serve.

— Ok. Oficialmente continuaremos solteiros, mas ainda... ah, não sei. Acho que ainda vamos nos arrepender disso.

— Las Vegas é perfeito pra nós, nosso contrato de gaveta. Se um dia der errado, o que não vai acontecer, temos um documento que prova alguma coisa.

— Prova que somos dois trapalhões.

— Não. Prova que somos cúmplices, e cumplicidade é o único vínculo real entre duas pessoas.

— Cumplicidade! Bullshit! Cumplicidade...

— Eu acredito nisso. Dá licença? O elemento comum entre amor e amizade é a cumplicidade. Amor pode virar desamor, amizade pode virar inimizade, e cumplicidade vira o quê? Não existe antônimo óbvio para cumplicidade. Sabe por quê? Porque quando existe cumplicidade no amor ou na amizade, eles não se desfazem. Sério.

— Olha bem pra minha cara, Doug. Tenho vinte anos a menos que você, mas não sou nenhuma menininha.

— É sim. Minha menina mimada. Mmm...

— Ai, não gosto quando você mete o nariz na minha orelha! Me dá nervoso.

— Adoro meter o nariz onde não sou chamado, lindinha.

— Rá-rá-rá... so funny, que engraçado que ele é...

— Relaxa, Amanda. O que estou propondo é um bom plano, vai dar certo.

— Sabe? O casamento é um passo importante na vida de uma mulher. A gente idealiza, romantiza, se imagina entrando numa igreja cheia de gente, com véu, grinalda, buquê, alianças, padrinhos, aquele ritual todo...

— Eu sei, lindinha. Você já me falou isso tudo, mas...

— Mas podemos ganhar um belo dinheiro se esquecermos essas convenções sociais e alavancarmos nossas carreiras profissionais, não é isso?

— Exatamente.

— Tá vendo? Até decorei. Só que na proposta original não tinha essa conversa de Las Vegas.

— Podíamos fazer só um contrato mesmo, como uma empresa. Mas, de tanto você falar em vestido de noiva, cerimônia e tal, pensei que seria uma saída... interessante.

— Las Vegas is ridiculous.

— Casar é ridículo, e daí? Podemos levar isso de um jeito descontraído e criar uma cerimônia com todo o romantismo que você quer. Quem sabe até encerrando o ato com um passeio de gôndola no Venezian.

— Aquela Veneza falsificada?

— Pelo menos não fede como a original. Pensa bem, pode ser divertido. Burlar as regras sem cometer crimes.

— Vou ter problemas pra me olhar no espelho depois disso. É muita pobreza de espírito.

— Nada como a riqueza da conta bancária pra esquecer qualquer pobreza de espírito.

— Calhorda! O que te salva é ser inteligente.

— Cachorra! O que te salva é ser gostosa.

— Canalha!

— Piranha!

— Você pagaria pra me comer?

— Estou pagando. Esqueceu?

— Fuck you!"

Lá se vão mais de dois anos, e aquela conversa continua gravada na cabeça como se tivesse acontecido ontem. Lembro quase todas as frases, cada entonação, cada expressão facial. Burlar as regras sem cometer crimes. Com que maquiavelismo Doug sorriu ao dizer "sem cometer crimes"!

Meu marido não é bem meu marido, e meu chefe não é apenas meu chefe. Simplesmente porque meu marido não pode ser meu chefe, nem meu chefe ser meu marido. Fui clara? Nada é claro quando se trata de Doug, um mitômano fugidio, até prova em contrário, incorrigível. Inútil tentar separar verdades de mentiras, joio de trigo, quando a figura em questão é Douglas Emiliano Gomes.

O casamento em Las Vegas até que não foi tão mal assim. Não dizem que casamento é loteria? Pois o meu foi um enorme cassino. Apostamos alto e até agora só fizemos ganhar. Quer dizer, ganhar em termos, porque viver separadamente juntos é um exercício dos mais cansativos.

Vendi caro meu sim, adoro jogar com os homens. Nenhum deles vale nada mesmo. O babão do Doug já estava de quatro, caidinho por mim, e eu, na posição de brinquedo novo, a "lindinha", me fazendo de difícil. Sempre funciona.

Quando me sobra algum tempo, procuro ler revistas masculinas, excelente aprendizado. Como eles se repetem! Homens têm fixação numa pequena lista de personagens: normalista, enfermeira, secretária, aeromoça, executiva durona com frestas de fragilidade — essa sou eu. Variações de dosagem da mesma fórmula que mistura mãe com lolita, dominação com submissão, docilidade com intransigência. Só isso. Capas rígidas bem desenhadas de livros ralos, como os que Doug carrega nas viagens e nunca lê, apenas passando os olhos por algumas páginas, pelo resumo na contracapa ou pelas resenhas na internet, para alimentar sua farsa cultural, os comentários exibidos com que impressiona o mar de ignorância ao seu redor. Também carrega consigo um tablet e-reader, com mais de cem livros downloadados, que ele jamais leu nem pretende ler, só pelo prazer de contar para os outros, pelo orgulho de ter tudo aquilo à sua disposição o tempo todo, pela manutenção da imagem do executivo updated, antenado etc. Apenas o imutável look externo do e-reader justifica o fato de Douglas viajar pra cima e pra baixo também com um livro impresso. O que seria do seu teatrinho se ele não pudesse propagandear através de capas chamativas os conteúdos que finge ler? Por trás da grandiloquência, Doug não passa de um menino. Por trás da aparente potência, um persistente medo de brochar. Por trás da fanfarronice, nada do que se orgulhar. Daí a bebida, goles e goles de elevado teor etílico, para tomar coragem, para fugir, para esquecer que deveria ter sido corajoso quando fugiu.

Acabo de saber que meu voo vai atrasar duas horas, uma eternidade. Haja revista masculina pra folhear, vão pensar que sou sapata.

Mais chato do que espera no aeroporto só espera na pista. Avião é claustrofóbico demais pro meu gosto. Se não fosse a única opção para viagens mais longas, eu nem passaria perto. Avião é solidão. Detesto isso. Dizem que a solidão é o preço do poder. Decidir sozinha, ter a última e solitária palavra. Viajar sozinha é uma profunda experiência de solidão. Solidão mais profunda do que essa, só a morte. Todos querem, alguns tentam e pouquíssimos conseguem nos acompanhar quando estamos no poder. Há os que, convidados ou intrometidos, acabam nos acompanhando em certas viagens. Mas ninguém, absolutamente ninguém, se dispõe a seguir com a gente na hora derradeira. Poder, viagem, morte. A vida é uma viagem em busca do poder (que eu sei que existe), ou da felicidade (que eu desconfio que nunca existiu) — há controvérsias sempre que poder e felicidade se enfrentam —, e essa viagem invariavelmente termina do mesmo jeito. Sobe a música e aparece "The End", momento irrecorrível de conclusão do enredo, quando não se pode mais nada, talvez recordar rapidamente os nomes do elenco, antes da escuridão absoluta.

Minha avó usava muito essa analogia vida/viagem. Dizia que nossos atos se acumulam na bagagem, até que a gente chega no céu e um oficial da polícia paradisíaca, cumprindo ordens de São Pedro, confere o que tem lá dentro, passa no raio X, essas chatices de aeroporto. Dependendo do conteúdo da bagagem, a gente é bem recebido, toma uma dura no purgatório, ou é despachado diretamente pro inferno. Vovó falava do peso da mala, que os pecados pesam na bagagem como pesam na consciência, e as boas ações tornam tudo mais leve. Tinha na voz a autoridade de quem havia testemunhado cada etapa do procedimento, ou conseguido acesso privilegiado ao regulamento celeste. Vai ver que a idade avançada permite bisbilhotar o que nos aguarda na próxima fase.

Era bom vê-la repetindo aquilo — como os velhos repetem suas histórias! —, enquanto mastigávamos seu inigualável bolo de milho regado ao café mais cheiroso do mundo, desses que só as avós sabem fazer. Se bolos e cafés contam como boas ações, vovó passou fácil na alfândega celestial e deve estar refestelada num resort chiquérrimo.

Quando chegar minha vez é que vai ser punk. Muito pecado na mala, mas — minha veemente tese de defesa — nada pesando na consciência. E agora, Saint Peter? Pra mim, tudo está justificado. Só sacaneei quem merecia, só fiz o que parecia sensato, não me arrependo de nada. Pode ser que me encaminhem pro diabo que me carregue, mas vão ter de ouvir muita argumentação, ah vão. E, se algum querubim der sinal de fraqueza, ainda sou capaz de jogar um charme pra cima dele. "Olha só, meu anjo, a maldade que estão fazendo comigo. Me ajuda, que mais tarde eu passo na tua nuvem e te faço ver estrelas." Foi mais ou menos o que eu disse pro Andrew, aquele magrelo da Universidade de Boston. Estava doido de tesão, um frio polar na rua, o trabalho sobre a influência da informática na economia rural concluído, sexta-feira à noite, eu de bobeira no campus, sem nenhum programa à vista, um ano e meio fora do Brasil, acumulando falta de sexo e de dólar. Foi o tempo de calcular o valor da proposta, julgar a capacidade financeira do interlocutor, seu interesse no negócio (ele — de família rica, mal-ajambrado; eu — duranga, mas bem gostosinha), e disparar: duzentos dólares. "Por duzentos dólares, eu te faço ir à Lua e voltar sem foguete." Dava pra perceber as luzinhas nos olhos dele pelo simples início das negociações. Ali, no bolso, o frangote só tinha cem. Fiz cara de desapontada, disse que estava na dúvida, que não sabia se aquilo era certo, que talvez fosse melhor voltar pro meu quarto sozinha, pensar melhor antes de dar o próximo passo... Andrew insistiu, suava, gaguejava, quase sem fôlego, cheio de dedos. E foi com os dedos que resolvemos o problema. Por cem, só trabalho manual, básico. O dinheiro mais fácil que já ganhei, e que me rendeu mais duzentos na semana seguinte, e incríveis quinhentos três meses depois, no boquete mais lucrativo da história. Tive meu dia de Linda Lovelace, com a vantagem de que ganhei mais do que ela com toda sua garganta profunda. Puta não, business woman, queridinho. Ninguém viu, ninguém sabe, não se transformou em atividade contínua, e foi longe do meu círculo social. Como diz o Doug, o que acontece longe nunca aconteceu. "Sabe, São Pedro, fiz um grande bem praquele rapaz. Era rejeitado por todas as meninas da classe, precisava de um impulso na autoestima, e acho até que ele corria o risco de se tornar gay por falta de opção. Apenas ajudei o garoto a realizar alguns sonhos, e cobrei o preço que me pareceu justo. Aquela grana não lhe fez nenhuma falta e caiu como uma luva no meu budget. Devo ser condenada por isso?"

Carreiras profissionais também são viagens, geralmente solitárias, e feitas de vários trechos, geralmente curtos. *Blim-blom*, passageiros com destino ao poder, embarque imediato pelo portão 1! Embarquei nessa há uns três anos, me acomodei na poltrona mais confortável que encontrei, e estou quase chegando. Meu portão de embarque, meu voo e minha poltrona não têm número, têm nome: Douglas.

Logo na entrevista de contratação, percebi que era presa fácil. Pura epifania. Ali estava meu futuro. Seus olhos, azuis como os de Frank Sinatra, eram atraídos para meu decote de um jeito tão incontrolável que chegava a ser engraçado. Blusa de seda, dançando sobre o monte de peito que sobrava daquele sutiã minúsculo. Escolhi bem meu figurino, meu cabelo, minha maquiagem, meu esmalte, minhas palavras, meus trejeitos e minha vítima. Quando declarei ser muito ambiciosa disparando meu sorrisinho enviesado, deixei a porta entreaberta para possíveis propostas indecorosas, sinalizei que havia uma chance. E quando ele jogou a isca, precipitado como a maioria dos homens costuma ser, recuei estrategicamente, fingi não ter entendido, valorizei o produto. Primeiro fruto colhido: o emprego. Sabia que meu currículo era bastante competitivo para conquistar a vaga, mas não tinha a menor dúvida de que o arremate de sedução pessoal seria decisivo na escolha. Um mês depois, lá estava eu, carne nova no pedaço, bem remunerada, ocupando um lugar na diretoria, placa na mesa, mostrando estar à altura de minhas responsabilidades, cobiçada pelos colegas do sexo oposto, fulminada pelas colegas do mesmo sexo, assediada pelo presidente, mas toureando, tonteando a fera, levando-o à exaustão física, à exasperação dos sentidos, à culminância do tesão refreado.

Douglas havia acabado de romper com sua namorada, uma pintora cabeçuda, me contaram. Não cheguei a saber seu nome, nem quis, pega mal se interessar pelas antecessoras na vida do marido. Há um entendimento tácito entre nós a respeito da desnecessidade do passado. Nada de perguntas, ficou pra trás, não importa. Só o presente e o futuro nos interessam. E nosso futuro vai muito além do casal, é corporativo, multinacional, envolve muita gente, muita regra, muito dinheiro.

As normas internacionais de conduta na Lindholm Svartsnaider Beauty são duríssimas:

1. Assédio sexual ou moral, demissão sumária.
2. Marido e mulher, casais gays e outras variações de relacionamento que incluam coabitação e conjunção carnal não podem trabalhar no mesmo escritório ou, ainda que em escritórios diferentes, manter qualquer grau de subordinação direta ou compartilhamento de decisões.
3. Membros do board de diretores são terminantemente proibidos de viajar no mesmo avião. Para que, em caso de acidente, a empresa não seja repentinamente desfalcada de mais de um decisor-chave e acabe se esborrachando junto com o viajante azarado.
4. Qualquer desrespeito às leis dos países onde a empresa opera é considerado como se ofendesse a legislação do país sede, punindo-se o infrator de forma exemplar para que nenhuma dúvida respingue sobre a imaculada reputação da big company.
5. Qualquer deslize na administração do patrimônio da empresa provoca terremotos, maremotos e furacões com grande número de vítimas.

E por aí vai.

A diretoria da LSB tem uma composição curiosa: Doug no comando geral, três vice-presidentes (eu em finance, Helga Berger em research and development, e Laurent D'Auteil em production) e cinco diretores (Anthony Bastos dirige os consumer products, Isaac Nepomuceno os professional products, Norberto Sutton os luxury products, Heloísa Dutra cuida de human resources e Eduardo Makscud de marketing e public relations). Nove ao todo. Nove e meio, contando com Guilherme, assistente da vice-presidência, que participa como suporte e ouvinte privilegiado de grande parte das reuniões, verdadeira aberração gerencial que, por alguma manobra do destino, se consolidou naturalmente, sem causar maiores estranhamentos ou constrangimentos ao grupo. Creio que todos nos acomodamos à sua extrema eficiência, que tanto nos facilita a vida, ou simplesmente deixamos de percebê-lo graças à sua incrível capacidade de não se fazer notar. Óbvio que as áreas contempladas com vice-presidências são as mais valorizadas na LSB, ou seja, somos três as joias da coroa. Como Helga está perto da aposentadoria e se comporta como uma dócil ovelha, sobrou para euzinha e para o sonso do Laurent, cujo potencial de competitividade até agora não ficou muito claro pra mim. A rigor, o empurrão que venho recebendo do meu marido secreto foi essencial na rápida ascensão até a vice-presidência. Daqui pra frente, conto essencialmente com meus méritos para ganhar espaço, construí boas relações com os demais diretores, me impus pela capacidade de trabalho e faço o que posso para isolar o chato do Laurent. Mas nunca é demais ser a protegida do presidente, especialmente quando essa proteção faz parte de um plano prévia e meticulosamente arquitetado.

De vez em quando, devidamente a sós e bêbados, Douglas e eu proclamamos em voz alta os artigos do código de conduta que estamos infringindo só para descontrair, debochar e ridicularizar o fantasma que tenta nos ameaçar. Isso nos une, reforça os laços de cumplicidade, até que a morte nos separe.

Morte. Ando tão mórbida ultimamente. Já pensei em matá-lo algumas vezes, resolveria tudo. A off-shore que abrimos nas Ilhas Cayman, recheada dos desvios de verba praticados por Doug, ficaria toda pra mim, todos aqueles polpudos fundos de investimento... Merecido prêmio por fazer vista grossa, desde que assumi a vice-presidência financeira, para as falcatruas do meu maridinho presidentinho. Prêmio dobrado, considerando minha consternada ascensao ao trono presidencial que a bunda de Doug trocaria pelo fundo acolchoado de um caixão de primeira classe. Mas cadê coragem? E ainda tem o Laurent, não posso me esquecer de quem disputaria a eleição comigo. Preciso concentrar forças. Depois da gravidez, então, me sinto tão frágil. Uma fraqueza parecida com a que me provoca a altitude, quase vertigem.

Morro de medo de altura. Subir demais me assusta. Sou visitada por um pesadelo recorrente em que subo uma escada enorme, externa, estreita, como escada de bombeiro, até o topo de um prédio altíssimo. Venta muito, e não há parapeito, corrimão, nada em que se apoiar. Meu coração dispara, sudorese, falta de ar, sinto que preciso descer dali depressa... mas cadê coragem? Acordo em pânico, sensação horrível. Totalmente o oposto do meu marido, com sua fixação em subir cada vez mais, um Ícaro destemido voando atrás do que está acima do que sua visão alcança, um louco.

Tenho de admitir que às vezes Doug me encanta com a mesma intensidade que me enoja. Há momentos de elegância e charme verdadeiros nos domínios da cafonice novo-riquenha, especialmente quando cita Sêneca, o cínico. É mestre em encontrar momentos oportunos para frases filosóficas, como se realmente entendesse do assunto. Gosto daquilo, gosto de algumas de suas encenações nas reuniões de diretoria, gosto do seu brilho de bijuteria transfigurada em preciosidade. Mas na maior parte do que posso classificar como cota de concessão favorável ao meu marido o mérito é do Guilherme, com sua tietagem tão... ingênua... juvenil. Aquilo contagia, idolatria viral, que salta dos seus olhos para os meus e me faz apreciar, admirar, sei lá por quê, alguém que normalmente rejeito. Doug não faz ideia do quanto deve ao jovem Guilherme, o "garoto" que ele insiste em menosprezar.

Ismênia.

NASCER É A MAIOR DAS TRAGÉDIAS. A PARTIR DO NASCIMENTO, tudo se encaminha para a morte, na melhor das hipóteses. Se for só isso, viver sem grandes turbulências até a hora de morrer, e morrer de forma rápida, sem sofrimento, sorte sua.

Oooo... como era mesmo o nome?... Oooo Euclides, meu marido, meu primeiro e único marido — sou de uma geração que só casava uma vez —, teve sorte o Euclides. Morreu tão rápido que nem ele nem ninguém teve tempo de se preparar. Só não precisava ser numa data tão errada, tão perto do casamento do nosso filho, muito perto, um transtorno.

Douglas, nome escolhido pelo pai, estrangeiro demais pro meu gosto, um bom menino ele, com seus olhinhos azuis tão pouco brasileiros quanto seu nome. Falo de estrangeiros como se eu não tivesse sangue romeno nas veias, e meu marido não fosse filho de italianos. Vem daí os olhos celestiais do nosso menino, dos campos europeus que só vi em filmes e fotos. Mas o nome Douglas, sei lá, tão americano...Tem seus problemas o Douglas, mas quem não tem? Na escola, sempre um dos primeiros da turma, estudioso, inteligente, gostava de liderar os trabalhos de grupo, mas não tinha paciência com os colegas, disso me lembro bem como é bom lembrar bem de alguma coisa. Muito mimado ele, falha minha e do falecido, mais do falecido do que minha, acho que sim. Ah, Euclides, tão orgulhoso do filho macho! É assim que ele se referia ao Douglas. Aaaa... Como é mesmo o nome? Ai, que vergonha! Ingrid, claro, Ingrid, minha filha — nosso casalzinho era, era... uma graça —, guarda mágoa até hoje a Ingrid, outro nome estrangeiro, aposto que guarda. Acho que é por isso que ela não me visita: ciúme do irmão. Só pode ser. Uma filha não agiria assim se não tivesse uma razão bem forte, muito menos a minha... Ingrid, que era até carinhosa, do seu jeito, meio sem saber como, mas... Ciúme, o que mais poderia levar a menina a me ignorar? Ciúme, claro, porque o irmão paga tudo, toma a frente de tudo, manda em tudo... ciúme, dos grandes, ou inveja, pior ainda.

Meu Douglas também quase não vem, quase... força de expressão... não vem nunca o... mas pelo menos paga as contas, para eu ter médicos, remédios, oxigênio, aquele negócio do... o que faz exercício, o... fisioterapeuta, e a... a da voz, chata que só ela, a... fonoaudióloga, não adianta nada o trabalho dela, nunca mais falei, só engasgo menos. Não posso esquecer, a... claro, a cama hospitalar que sobe e desce, cadeira de rodas, sei lá mais o quê, ah, soro, fraldas, e flores, toda semana tem flores, adoro as flores, sempre miosótis, significam "não me esqueças". Chegam sem cartão, sem nada. As flores são a mensagem. Só o meu Douglas pra pensar num jeito tão poético de mostrar que se lembra de mim, ou mostrar que torce por mim na luta contra a perda de memória, ou as duas coisas... e, claro, ele também paga esses espantalhos de branco que passam o dia ao meu lado, fazendo voz tatibitate pra conversar comigo. Os espantalhos se revezam em torno de mim em turnos que já não entendo. Sou seu ganha-pão e seu carma. Devem detestar o trabalho que fazem, dou muito trabalho a elas, mas, se eu morrer, que trabalho lhes restará? Precisam me manter viva, essa é minha desgraça.

Engraçado o que acontece quando as pessoas lidam com sequelados de derrame: ou falam com a gente como se fala com bebês, ou conversam entre si como se fôssemos surdos ou não estivéssemos mais ali. Numa hora: "Oi, dona Ismênia, como a senhora tá bonita!" Logo em seguida, comentando com a enfermeira: "Ela está cada vez mais pálida, né? Quanto tempo será que ainda dura?" Minhas raras visitas são assim: só se dirigem a mim na chegada e na saída. No miolo do tempo, não sou mais que um abajur, uma samambaia, uma não presença. Às vezes até me divirto. Fico brincando de mulher invisível, ouvindo atentamente o que eles conversam sobre mim, ou sobre as novidades que eu não deveria saber, eu ali parada, tão viva quanto qualquer peça da mobília.

Quando meu Douglas vem, nas raras vezes que vem, nem lembro quando foi a última... meu Douglas, quando vinha, nunca demorava. Acho que ele vem durante meu sono, sai tão tarde do trabalho, só pode ser. Faz um monte de perguntas pros espantalhos, pelo menos fazia quando eu o via, mais supervisor dos trabalhos do que filho da doente, paciente, impaciente é o que sou. Comigo quase não falava. É o jeitão dele, profissional em tudo o que faz. Trabalha tanto, cheio de responsabilidades naquela firma estrangeira, como é mesmo o nome?, viajando de um lado pro outro, sempre... muitas preocupações para ter tempo de pensar nesta velha entrevada. É isso que atrapalha os casamentos dele: não para em casa, e quando está em casa não tem cabeça pra mais nada a não ser os assuntos do trabalho. Puxou ao pai. As mulheres não aguentam. Eu aguentei a vida toda de teimosa que sou, até que a morte nos separe, separasse. A morte separou. Por mim, não separava. Queria ele aqui do meu lado, com todos os seus defeitos. Já não se fazem mulheres como as do meu tempo. Essas meninas de hoje só querem saber de salão de beleza, bater perna em shopping, empregada pra lá, babá pra cá, sem companheirismo com seu homem. Meu Douglas não aparenta, mas sofre, sofre muito, calado, como eu. Pelo menos sofria da última vez que o vi. A gente que é mãe percebe essas coisas. O AVC não me tirou nem intuição nem pressentimento. Mãe tem muito sentimento e pressentimento, graças a Deus. Minha mãe era assim, minha avó era assim. Até onde sei, toda mãe é assim.

Duras penas. Eu peno tanto com isso, quietinha no meu canto, ruminando, incapaz de agir, de dar carinho, conselhos. Inferno. Ver um filho nessa luta... sem nem poder erguer a mão pra lhe afagar o rosto, nem falar uma palavra de consolo, nem lhe fazer um café. Doeu meu coração quando ele rompeu com aquela menina — como é mesmo o nome? — Valéria, claro, Valéria, Valéria, Valéria, não tenho o direito de esquecer o nome dela. Muito boazinha a Valéria, a melhor nora que Douglas me arranjou. Tiveram filhos tão lindos, meus netos, tão lindos. Continua vindo aqui, de vez em quando, a Valéria. Só ela, sem as crianças, nunca mais vi as crianças. Esqueci o nome delas, já devem estar enormes, criança faz bem à alma, mas cresce tão rápido... Minha alma também está doente, carente. Valéria vem me ver mais que meu próprio filho, muito mais, parece até que ela é que é a filha, nem a... Ingrid, nem o Douglas. Triste pensar nisso e não conseguir chorar direito. Sinto os olhos se contorcendo pra espremer as lágrimas e alguns filetes descendo pelo rosto, mas acho que é impressão, as lágrimas na verdade não saem. Ninguém nota que estou chorando, só pode ser isso, minhas lágrimas rolam para dentro. Mas não posso reclamar, ele paga tudo em dia, está bem de vida, cuidando dos negócios, não tem tempo, coitado.

Eu, sim, tenho todo o tempo do mundo. Para quê? Para refletir, remoer, tirar conclusões que não servem para nada, me arrepender do que não fiz nem nunca mais farei, e ficar juntando os cacos da memória. AVC é um jeito moderno de falar "derrame", essa mania de reduzir tudo a siglas: RSVP, VIP, MPB, OEA, ONU, DVD... Pois é, AVC e tantas outras siglas que agora não lembro são membros dessa enorme família em que não existem palavras, só letras que se agrupam sem sentido.

Quando um derrame acontece, é como se um dique se rompesse, inundando áreas do cérebro com sangue e espalhando pensamentos e lembranças por todo lado. De repente, as ideias começam a se afogar. É preciso salvá-las, ao menos salvar as lembranças, para que continuem nos servindo de consolo. É preciso resgatar, secar, proteger nossos arquivos mais queridos, nossas saudades que, ao mesmo tempo, nos alimentam e torturam. Tenho esquecido muita coisa, e isso me apavora. Ainda que muitos de meus esquecimentos apaguem fatos que não merecem ser lembrados, eles são meus, pertencem à minha história. A memória é meu último reduto de vida, é nela que me movimento, passeio, corro, deslizo, voo.

Ainda trago vivos momentos de criança, as brincadeiras, a doce juventude, as coisas que aprendi na escola. Ainda sei que o valor de pi é 3,1416, embora continue sem saber para que serve saber isso. Ainda sei conjugar verbos que tu sabes, ele sabe, nós sabemos, vós sabeis, eles sabem, e posso se-pa-rar sí-la-bas, separar o sujeito do predicado, separar um verbo transitivo do seu objeto direto ou indireto. Separo essas lembranças, depositando-as em prateleiras bem protegidas deste meu cérebro escangalhado, e não me canso de espaná-las e lustrá-las para que não fiquem empoeiradas. Mas não consigo separar o passado do presente. Esses se embolaram com o rompimento do dique, foram arrastados numa forte correnteza, colocando no mesmo plano realidades distantes como a infância de meus filhos e sua idade adulta, minha infância com a de meus filhos, o Douglas menino, que ajudava a irmã a organizar sua coleção de bonecas, com o Douglas marmanjo, que coleciona ex-mulheres, fracassos familiares e sucessos financeiros. Às vezes, tenho a sensação de que se abrem enormes lacunas, vácuos em minha mente, espécies de parênteses onde caem lembranças como... (o nome das enfermeiras-espantalho, o endereço onde moro, a música que eu cantava com meus filhos, a receita da torta de maçã, o telefone aqui de casa, o número que minha mãe calçava, aquela planta do chá que faz bem ao fígado, a atriz que estava falando na TV ainda há pouco, o hotel onde passei minha lua de mel)... sei lá, não consigo lembrar de nenhum exemplo agora, mas tenho a nítida sensação de que coisas muito valiosas despencam por um abismo, de onde dificilmente retornarão. Às vezes, não é o abismo, mas a névoa, insidiosa, corrosiva. Não, não posso deixar que minha memória seja engolida pela névoa, ou desbote, perca suas cores e contornos, porque o passo seguinte é a desaparição, de novo o fundo do abismo, o vácuo, os parênteses sem volta. E a memória desaparecendo, tragédia, eu desapareço junto. Eu, decadente figura, condenada a viver dentro de uma bolha, isolada de tudo, nas mãos dos espantalhos de branco que me humilham com sua dedicação. Quem sou eu se não uma vaga lembrança de mim mesma? Uma merda. A dedicação caridosa e tecnicamente impecável dos espantalhos, que me auscultam, me monitoram, me lavam e me trocam, é uma merda. Minha mãe não me deixava falar "merda", dizia que era palavrão. Mas merda é o nome da coisa onde estou, o que sinto. Não existe degradação, humilhação maior do que outra pessoa te limpar a bunda.

Humilhação machuca, dói demais. Lembrei da Valéria de novo, coitada. As humilhações que a pobre sofreu devem ter doído tanto. Ah, Douglas, por que agir daquele jeito? Logo o meu menino, tão bom menino. Será que ele continua a beber? Aquele fígado não andava nada bem. Como era mesmo o nome do chá que protegia o fígado? Daria tudo para abraçar o meu Douglas, aconselhá-lo, beijá-lo, colocá-lo no colo... nada disso. Quem é levada no colo agora sou eu. Quem usa fralda agora sou eu. Velha-bebê. Morro de vergonha, morro de medo de morrer, mas tenho mais medo ainda de não morrer. Não morrer, isso sim, é o que mais me dói.

Valéria.

Um suéter de cashmere. Parece que foi ontem. Bege, discreto, convinha ao cargo de diretor que ele havia acabado de alcançar. Meu marido estava crescendo depressa no emprego, e esse crescimento era inversamente proporcional ao carinho que eu recebia e ao humor que ele demonstrava. No início do casamento, ele dizia coisas engraçadas, fazia imitações de seus chefes, de alguns artistas. Quando ele imitava Frank Sinatra resfriado cantando *My Way* com o nariz entupido, era de chorar de rir. Dias românticos em que piadas eram cafunés, mínimas atitudes eram afagos.

Escolhi aquele suéter com atenção de enxadrista, consciente do movimento decisivo que fazia sobre o tabuleiro. Eram tantas mensagens cifradas numa peça de vestuário, tanto que eu tinha a dizer. Queria envolvê-lo como aquele suéter o envolveria, aquecê-lo, grudar-me ao corpo dele, pedindo, quase implorando, por retribuição. Me abraça, Douglas, olha pra mim como você fazia antes, presta atenção!

Fazia tempo que ele se afastava do meu alcance. Fugia às intimidades na cama, permanentemente cansado, exaurido pelo trabalho, eram as justificativas apresentadas. No fim das contas, parecia exausto de mim. Éramos jovens, transbordando hormônios, facilmente excitáveis, não fazia sentido aquela falta de vontade, aquela sobra de desatenção. Ai, meu Deus!

Junto ao suéter, um cartão. Palavras tão bem escolhidas quanto o próprio suéter. Medi as frases, arrumei-as com o mesmo cuidado que dedicava à arrumação de nossa casa, de nossas boas lembranças, de nossos filhos nas tardes de sábado ou nas manhãs de domingo.

Tivemos gêmeos logo na primeira gravidez: Victor e Hugo, tão lindos, tão criativinhos seus nomes. Escolhemos juntos a combinação de nomes, eu e Douglas, entre gostosas risadas, dessas que só os jovens sabem dar.

O cartão junto ao suéter era a melhor declaração que eu podia fazer. Parecia Dia dos Namorados, mas era aniversário, o 29º aniversário do meu quase ex-marido, não, não, meu marido. Casamento não acaba, aprendi isso desde criancinha, minha mãe repetia o tempo todo: casamento é para sempre. "Com este suéter, te abraço, querido. Hoje e todos os dias de todos os anos de nossas vidas. Para que nosso amor se mantenha aquecido e nossos corações cada vez mais unidos. Um beijo carinhoso. Da sua, totalmente sua, Valéria."

Impossível esquecer: 18 de julho. Só não fizemos festa porque Doug rejeitou a ideia sem dar espaço a argumentações. Cheguei a pensar numa surpresa, juntar os amigos mais próximos, ficar no escuro esperando que ele chegasse do trabalho, mas o resultado poderia ser desastroso. E se ele considerasse aquilo uma afronta e criasse mais uma de suas cenas constrangedoras? Doug sabe magoar como poucos, com sua fina ironia, seu cinismo destilado em comentários soltos, olhares oblíquos, altivos, não precisa de palavras pra machucar a gente. Tinha sido tão explícito contra a primeira ideia de festa que, decididamente, não valia a pena correr riscos. Melhor ficar só no bolinho em casa com as crianças, caprichar no presente, no cartão e na refeição. Nisso eu caprichei de verdade. Coloquei em ação meus melhores dotes culinários, busquei as mais deliciosas receitas ao meu alcance, gastei o dia inteiro preparando aquele jantar. Quase não deu tempo de passar no cabeleireiro, me enfeitar para ele, tentar recuperar ao menos um pouco do seu interesse por mim. Foi uma correria, mas deu tão certo que até pensei em bom presságio. Meu cabelo ficou especialmente sedoso, parecido com o da festa de 15 anos, quanto tempo... Pintei as unhas de vermelho bem vivo, cor da paixão. Besteira.

Nossos gêmeos estampavam sorrisos que só víamos quando eles próprios aniversariavam, sorrisos dobrados, simétricos, que ninguém além deles seria capaz de exibir. Tão felizes com a recepção preparada para o pai, mesmo sendo só entre nós, supersimples, mas rica, muito rica de sentimentos, de intenções.

Chegou tarde, bem mais tarde do que esperávamos, quase 10. Dia cheio, justificou-se com a secura habitual, dessa vez nem se preocupando em maldizer reuniões inventadas. Servi o jantar pressurosa, tentando não esfriar o clima. Fred, o caçula, acostumado a dormir cedo, apagou antes das velinhas. Victor e Hugo, pouco mais velhos e muito mais agitados, aguentaram até o fim. Quanta alegria naqueles olhinhos. Cantamos parabéns, os meninos animados, os adultos fingindo animação. Até que chegou a hora de entregar o presente.

Douglas abriu o embrulho sem qualquer respeito pela fita enlaçada em forma de flor, sem a menor consideração com o papel escarlate brilhante, ilustrado com finíssimos fios prateados que sugeriam ora folhagens, ora redemoinhos.

Rasgou tudo, com aguda indiferença. Desdobrou o suéter sem maiores atenções e o depositou sobre o encosto da cadeira mais próxima. Rosnou algo não mais profundo do que "Ah, um suéter." — que expressão pode sinalizar mais desprezo por um presente do que "Ah, um suéter"? —, seguido de um agradecimento gutural, formal, dirigido mais às próprias entranhas do que aos meus ouvidos. Nem se dignou a tirar o cartão do envelope, esqueceu, ou não ligou, ou — pior — fez questão de demonstrar que não valorizava o que eu havia escrito, descartando de antemão meu afeto com um desprezo perfurante. Displicentemente, deixou o envelope sobre a mesma cadeira em cujo encosto repousava o suéter. Pensei em fazer algum tipo de apelo, convidá-lo a ler aquelas palavras que me saltaram direto do coração para o papel, mas a voz se encharcou de lágrimas represadas, o pouco que minha cabeça conseguiu articular se transformou em lama, sons pastosos, impronunciáveis.

Aquele aniversário tinha tudo para ser inesquecível. E foi.

Eu sei que não faz sentido ser como sou, mas não consigo ser de outro jeito. Boba, apaixonada, ridícula. Só de lembrar, já estou com os olhos cheios d'água, que sina! Lutei pelo meu casamento até o último instante, e não me conformo, até hoje não aceito que as coisas tenham sido como foram.

Nosso namoro, tão romântico. Doug, forte, corajoso na decisão de manter a festa de casamento, apesar da morte do pai. Meu homem, pensei, meu príncipe protetor, de fascinantes olhos azuis. Ali estava a segurança masculina que me abrigaria por toda a vida. Que idiota, ingênua, eu não existo mesmo! Casamento é pra vida toda, vínculo eterno, fui criada acreditando nisso, e é impossível deixar de acreditar.

Sinto raiva, claro que sinto, muitíssima raiva, só não consigo odiar. Sabe o que é tentar, fazer força, mas não conseguir nunca? É o que me acontece. Odiar está para ter raiva, assim como amar está para gostar. Odiar e amar são mais profundos do que ter raiva e gostar, criam raízes quando acontecem, permanecem. Acredito em sentimentos profundos, não tem jeito.

Mas ainda estávamos longe do fim. O arremate aconteceria mais adiante. E não poderia ser mais emblemático. Veio através de uma arma.

Logo que nos casamos, pedi a Douglas pra se livrar daquilo. Não me deu ouvidos, apenas sorriu do alto de sua superioridade.

Sempre tive pavor de armas. Um objeto criado com o objetivo de matar pessoas não pode ser bem-vindo em lugar nenhum, muito menos numa casa de família, menos ainda se essa família tem três crianças o tempo todo buscando aprontar alguma. Três meninos, e menino não é calminho que nem menina, os meus então... adoravam brincadeiras abrutalhadas, incansáveis, agitados, cansei de falar com Doug. E ele? Não dava a mínima para as minhas ladainhas. Era assim que ele chamava minha conversa quando eu manifestava qualquer preocupação: ladainha. Dizia que a arma tinha grande valor afetivo, que era a única herança deixada por seu pai, que o fato de ter pertencido a seu pai a revestia de uma aura positiva, dando-lhe status de quase amuleto, enfim, a arma estava ali, na prateleira mais elevada de nosso armário dúplex, para proteger a família. Ah, sim — isso era o que mais me afligia —, que os meninos em breve se tornariam homens, e que ser homem requer certa intimidade com violência, lutas e, consequentemente, armas.

Para me enlouquecer, num belo sábado — tinha de ser num sábado, ele adorava estragar os fins de semana — Doug resolveu limpar o revólver na frente dos meninos. Descarregou aquela coisa sob seus olhares atônitos, girou o tambor, deixou que os garotos também girassem, e os instigou a apertar o gatilho para verem como era duro. Victor e Hugo conseguiram, fazendo *pow* com a boca, cheios de orgulho, dubladores do que eles imaginavam ser o som de um tiro. Fred, tadinho, talvez pressentindo não ter força suficiente, nem tentou. O espetáculo foi encerrado com Doug deixando as balas circularem pelas mãos dos meninos e proibindo-os de tocar na arma quando o pai não estivesse por perto, já que a maldita estava sempre carregada (recheou o tambor com os projéteis à vista deles), e não havia nada mais perigoso do que uma arma carregada. Pelo menos nessa última frase, dita enfática e pausadamente, estávamos de acordo.

Confesso que cheguei a desconfiar de que a errada era eu. Pensei: ele é homem, deve saber melhor do que eu como preparar esses futuros homens para os embates da vida. Doug comandava pessoas, tinha o dom de despertar o senso de responsabilidade em numerosas equipes que lidavam com assuntos de grande importância. Talvez estivesse usando com nossos filhos a mesma estratégia que usava na empresa, e eles, entendendo a gravidade do assunto "arma", já devidamente despojado do seu forte teor de curiosidade, se comportassem doravante como os disciplinados funcionários da fábrica, ciosos de seus deveres, fiéis às instruções do chefe, pai, patrão.

Douglas.

AI, MINHA CABEÇA! VÁRIAS FISGADAS SEGUIDAS, CANIvetes suíços, todas as pontas na ativa, enfiadas alternadamente no crânio, latejar agudo, de culpas convulsivas, e as malditas luzinhas piscando. Antes era só quando eu acordava com a desgraçada no meio da noite, aos poucos os pisca-piscas estão ficando espaçosos, atrevidos, aparecendo fora de hora, donos do pedaço. Ok, esgotadas as possibilidades de negociação. Dois comprimidos e daqui a pouco estou livre, das dores, das culpas. Das culpas, não. Leva mais tempo. Inevitáveis, necessárias, culpas fazem parte do negócio, e seu destino é a acomodação, no passado, que é seu tempo perfeito. Só com o tempo passam, como tudo que inquieta a alma. Fodam-se as culpas.

Herdei muito de tudo isso, bela herança. Me apavora pensar em hereditariedade. Do lado paterno, adeus, coração. Do lado materno, tchau, cabeça. O fogo ou a caldeirinha. Pelo menos, o coração fez um serviço limpo, direto, rápido. Passar pelo que passa minha mãe é o terror absoluto, não me sai da cabeça (detesto trocadilhos). Cabeça comanda, é superior, sempre perigosa, muito mais que coração. Cabeça tortura, humilha. Pobre mamãe, imagino se gostaria de morrer. Sêneca tem uma frase, dizem que é dele. Adoro as frases de Sêneca, mesmo que de autoria duvidosa. Até prova em contrário, é dele: "Ninguém é tão velho que não espere que depois de um dia venha outro." Acho que é desse jeito que a velha Ismênia se sente, uma hora quer morrer, outra hora repensa, adia. Morrer é radical demais, elimina todas as esperanças. Outra de Sêneca: "Deixarás de temer quando deixares de ter esperança." De minha parte, prefiro temer, muito melhor a incerteza esperançosa do que a certeza do desespero. Mas a frase é poderosa.

Sêneca é meu filósofo predileto. Aliás, "s" é minha letra predileta. No início, soa solene: Sêneca, Sinatra... como admiro o jeito Sinatra de ser!, tenho os olhos dele, gostaria de chegar ao nível de poder que ele chegou, imagem dominante em Los Angeles, voz definitiva de Nova York, presença marcante em Las Vegas, projeção absoluta no mundo, incontestável, desejado, bajulado ao extremo, cercado de assessores, paparicadores, verdadeiros adoradores, como Brad Dexter, aquele sim, orgulhosamente declarava que por Sinatra seria capaz de matar. Não creio que alguém entre os que me cercam chegue aos pés da fidelidade de um Brad Dexter; é mais provável que declarem ser capazes de me matar, não duvido nada, bem mais provável. "S" de super, superior, soberano, sucesso (3 esses na mesma palavra, não deve ser por acaso), de cifrão, que se escreve com "c", mas se faz com um "s" cortado de cima a baixo. Com o "s" transformado em cifrão se escreve dinheiro em todas as línguas. "S" é letra que serpenteia, sinuosa como nenhuma outra. Colocando-se no fim das palavras, imediatamente as pluraliza. Douglas são vários Dougla, Gomes são vários Gome. Quanta bobagem. Ai! Esta agulhada foi mais forte, coroa de espinhos, tortura romana... Sêneca era romano, estava no poder, não se limitava ao papo sentimental dos filósofos gregos. Era estoico no discurso, mas vivia no luxo, desfrutando a riqueza, contradição explícita. Falava bonito, mas foi conselheiro de Nero, aquele incendiário aloprado. Sêneca é a prova de que ninguém precisa ser coerente. Ficou famoso, deixou seu nome na história. E a história só se importa com o conjunto da obra, ignora os detalhes, os malditos detalhes, pregos que derrubam reinos. Quando tentou ser coerente, Sêneca teve de se matar, estupidez imperdoável para um filósofo rico. Meteu-se numa conspiração para assassinar o chefe doido, foi descoberto, adeus. Só lhe restou a opção de cortar os pulsos. Fim melancólico. Mas pelo menos morreu com alguma elegância. Ai, esta dor de cabeça está desarrumando meu raciocínio! Elegância apesar da dor. Viver com elegância é fundamental. Morrer, idem. Quando chegar minha hora, quero que seja olhando pra cima. Morrer com a cara voltada pro chão é uma das piores desgraças que podem acontecer a um ser humano. Que eu morra deitado de costas, como estou agora nesta poltrona reclinada, no ângulo exato, com o rosto apontado para o alto, e dizendo algo interessante, charmoso, talvez solene, uma palavra solta de que as pessoas se lembrem mais tarde: "Rosebud", como o Kane de Orson Welles, ou — mais impactante — encerrar o espetáculo como o coronel de *Apocalypse Now*: "O horror." É só isso que Kurtz diz ao morrer, e diz com a voz de Marlon Brando, o que dá mais peso às palavras. Agora que o cavalheiro está partindo desta pra melhor, quais seriam suas últimas palavras? Faz sentido, combina com a imagem de meu corpo sendo arrastado pela morte: o horror. Nada mais a declarar.

Gosto de usar Sêneca para impressionar as pessoas, inclusive a mim mesmo. Poucos o conhecem, a maioria tem vergonha de admitir o desconhecimento, e no fundo todos admiram quem entende de filosofia. Adoro ser admirado, às vezes temido. Sempre ajuda. Acho que Amanda me ad mira. Paula me admirou, sem dúvida, em nosso breve caso Deneuve está recolhendo a bandeja com a última rodada do jantar, meu conhaque pós-sobremesa. Incrível como só agora percebo em seus braços um detalhe que me fascina pelinhos louros. Sou louco por mulheres com essa espécie de penugem no braço. Na nuca também é delicioso, mas no braço é essencial. Paula começou a me ganhar por aí, foi o que primeiro me atraiu nela, aqueles braços sedosos indicando as saídas de emergência, como colocar o colete salva-vidas, como ajustar o cinto, quantas banalidades. E Amanda, seus pelinhos lembram muito os de Paula, desde os braços até regiões mais escondidas. Quantas vezes me peguei pensando em Paula enquanto fazia sexo com Amanda. Na falta de motivo maior, ponto para os pelinhos. E, agora Deneuve. Seria ótimo ter um caso com ela, mas nunca seria como Paula, jamais aconteceria de novo. Casos como aquele precisam acabar de repente, sem razão. Do mesmo jeito que começaram, tão improváveis que quase impossíveis. São momentos de sincronismo perfeito que não se repetem, pra gente ficar eternamente revirando na memória, com gosto de quero mais, essa coisa que chamamos de saudade.

Paula parecia me admirar bastante, e isso me fazia um bem enorme, porque realimentava a admiração que sinto por mim. Narcisista, sim, e convicto, convencido talvez seja melhor, pelo duplo sentido da palavra. Ser admirado por mulheres acentua nossa vaidade. Ser admirado por homens, engraçado, desperta um adicional de orgulho. Na média, chega a ser mais gostoso, porque a admiração dos homens vem sempre revestida de inveja.

Laurent é um admirador perigoso. Admira tanto que fica evidente o quanto ambiciona meu lugar. Não creio que a ponto de fazer algo contra mim, não parece corajoso o suficiente, mas, sem dúvida, posicionando-se perante a matriz como um substituto natural, pronto para assumir a empresa tão logo minha cadeira fique vaga, o que decididamente não está em meus planos. Vagar a cadeira, tudo bem, raros executivos de multinacional conseguem ficar no cargo por mais de cinco anos, prazo que atingi no ano passado. Ou caímos ou somos promovidos a cargos internacionais, transferidos para outros países, alguma coisa desse tipo, muitas vezes com mais ênfase na impressão causada pelos títulos do que na relevância do que passamos a fazer. Não importa. Seja lá qual for a razão da vacância de minha cadeira, não iria deixá-la para um sujeito como o Laurent. O lugar está sendo aquecido para Amanda, que, sendo minha, continuará, digamos, me representando na condução dos negócios. Continuará ou continuaria, dependendo do... nem quero pensar nisso agora. Je suis desolé, mon ami Laurent, mas não basta ter nascido na França, nem ostentar nome de grife, para ocupar o espaço que minha charmosa bunda esquentou. Só a bundinha empinada de Amanda pode se acomodar por ali, aquela estúpida... Se esta minha dor de cabeça fosse batizada, poderia muito bem ter o nome dela.

O garoto Guilherme, este sim, é um admirador explícito, o tipo ideal, sem contraindicações. Devora com os olhos tudo o que faço, decora tudo o que digo. Quando lhe dou instruções, parece estar ouvindo um oráculo. Quando participamos da mesma reunião, reage como que assistindo a um espetáculo, o espetáculo que eu enceno com a dedicação dos grandes atores e que impressiona não só ao jovem e ambicioso executivo, mas à grande maioria dos experientes diretores da empresa. Eu sou o ímã que atrai todas as atenções, saboreio diariamente o magnetismo que só os que interpretam monólogos conseguem experimentar. E tudo isso por meio de pequenos truques, tão cuidadosamente preparados e maturados que ninguém os vê como truques. Acredito que são vistos como majestade inata, ou algo muito próximo disso. Guilherme me enxerga como a um rei, seu rosto se ilumina diante de mim. Eu, uma enorme lâmpada a banhá-lo de luz, quem sabe o sol em pessoa. Isso! Gosto de me sentir sol.

De alguma forma, o garoto também é digno de admiração. Às vezes olho para ele e me vejo, interpreto seu olhar a ponto de quase adivinhar seus pensamentos. Na sua idade, era parecidíssimo com ele, exalava adrenalina e ambição, era energizado como ele. Na sua idade, eu pensava o tempo todo em um dia chegar a ser como sou. Gostei desta conclusão. Diante de Guilherme, sinto-me como que olhando para um espelho, que me reflete mais jovem, mais bonito, e tenho impulsos de me apaixonar por mim, sinto tesão por mim, quer dizer, por ele enquanto versão rejuvenescida de mim. Acho que nunca me aconteceu atrair e ser atraído de maneira tão... Maldita pontada na cabeça! O analgésico já devia estar fazendo efeito, porra. Com meu pai também era assim, sempre reclamava da lerdeza dos remédios. Pronto, já estou eu de novo diante de meu pai. Ele no caixão, coberto de flores. Pouco depois, eu na igreja, repleta de flores. Flores de funeral, flores de matrimônio. Pra que as flores? Murcham rápido, como nosso organismo carcomido pela velhice, ou nossos casamentos carcomidos pelos desencontros. Flores são falsas. Fazem tudo parecer bonito por um tempo tão ridiculamente curto que há que ser muito tolo para levá-las a sério. Mulheres, por exemplo, tão espertas em tecer enredos, tornam-se completamente tolas quando expostas ao encanto efêmero das flores. Só se justifica o investimento nesses quebradiços enfeites da natureza se for para arrancar favores especiais de uma mulher, ou aplacar suas crises, ou se redimir de alguma infidelidade. Foi meu pai quem disse isso, despretensiosamente, numa conversa qualquer, nem me lembro quando. Talvez por isso tenha me incomodado tanto vê-lo cercado de flores no caixão, sem sequer poder sentir seu perfume, admirar suas cores, nenhum proveito, tudo condenado a se tornar refeição de vermes.

O velho não era de dar conselhos, mas por outros caminhos acabava cumprindo seu papel de orientador. Desde criança, me acostumei a ouvi-lo dizer: isto não é um conselho, é um aviso. Frequentemente lembro de seus avisos. Passados alguns anos, comecei a entender sua morte como um aviso que, na ocasião, não consegui decifrar. Foi a maneira mais contundente que encontrou de me dizer que aquele casamento era um erro. E, não satisfeito em avisar, ainda ofereceu um pretexto excelente para cancelar a cerimônia, ganhar um tempo, pensar melhor antes de sair dizendo "sim" num altar cercado de testemunhas. Perdão, pai, desperdicei a oportunidade.

Outro aviso foi a arma. Deixou-me aquele belo revólver importado, não registrado, para sinalizar alguma coisa, só pode ser, meu lastro de brutalidade talvez, como o lastro de ouro que sustenta o poder das moedas, minha bomba atômica particular, desnecessária, mas sempre ali, eternamente ameaçadora. De uns tempos pra cá, comecei a ficar místico. Não tenho explicação para o fato de estar trazendo uma arma neste avião, mas me senti compelido a fazê-lo. Sei que é proibido, que pode me trazer problemas, mas foda-se, funciona como talismã, dá uma confortante sensação de segurança. Tomei os devidos cuidados, não sou nenhum idiota. Está na mala grande, enrolada nas roupas de frio, as balas dentro do nécessaire. Duvido que encontrem. E se encontrarem, a rigor, não estou infringindo nenhuma lei. Duvido mesmo é que procurem. Executivos viajados como eu não despertam suspeitas, saem na frente, altivos, recebem tratamento privilegiado na alfândega, ninguém se importa em vasculhar nossas bagagens, muito menos em Paris, onde o normal é pegar a mala e sair direto, sem dar satisfações a ninguém. Poderia declarar, na verdade, deveria, claro, se não quisesse deixar em aberto a opção de usá-la. Um pouco de burocracia adicional, talvez complicada pela ausência de registro, mas nenhum grande risco, o que faria toda a operação perder a graça. O verdadeiro tesão está no risco, na clandestinidade. Se, por um absurdo do destino, o improvável acontecer, posso argumentar com as autoridades alfandegárias sobre valor afetivo do revólver, responder a tudo com serenidade e manter a fleugma para, na pior das hipóteses, ouvir uma advertência, pagar uma multa, deixar meu brinquedinho entregue à polícia até o embarque de volta, algo assim. Num momento crítico como o que estou vivendo, funciona como distração pensar nas possíveis consequências dessa inconsequência.

Curioso como a arma me faz pensar em filhos. Armas e filhos guardam algumas semelhanças: ambos imprevisíveis, perigosos, costumam trazer problemas. Recebi minha arma na condição de filho, recebi meus filhos na condição de armas. Já cumpri minha cota. Não quero mais armas além da que tenho, nem filhos apontados para minha cabeça, exigindo pensões, mesadas e purgações de culpas, como assaltantes que nos roubam a paz. No início, são engraçadinhos, encantadores, até o momento em que se valem dessa graça para nos dominar, imediatamente perdendo a graça, enveredando pela chantagem emocional e se tornando insuportáveis. Nas mãos de ex-mulheres, então, tornam-se uma ameaça constante. Nada mais letal que a combinação filho/ex-mulher.

Estranho o prazer que sinto agora, prazer de transgredir, logo eu, que sempre me coloco nas posições mais seguras. A sensação do infrator, carregando um segredo a bordo como outros segredos que costumo carregar, só que desta vez com forma, peso e rigidez passíveis de identificação. Um segredo concreto, fácil de achar, é o máximo. Nenhum desses passageiros ou tripulantes imagina o que tenho na mala, duvido que algo parecido lhes passe pela cabeça. Nenhum deles percebe em mim o potencial assassino, ou suicida, ou terrorista. Falando em terroristas, aqueles barbudos da outra fileira definitivamente poderiam ser, garanto que todos neste avião apostariam neles, se lançariam sobre eles ao menor indício de hostilidade, enquanto eu os fulminaria impiedosamente, de surpresa.

Terror é uma forma de poder. Sinto um sabor especial em aterrorizar meus subordinados. Sadismo sim, e daí? Um pouco de Vlad Drácula, romeno empalador de inimigos; um pouco de Átila, rei dos hunos, o Flagelo de Deus; um pouco até de Virgulino Lampião, Rei do Cangaço, que seria um bom exemplo se tivesse nome e origem mais refinados; um pouco da figura ampliada, como faziam os cocares de guerreiros indígenas, os capacetes medievais alongadores da silhueta, o pescoço da naja engatilhando o bote; um pouco de tudo para alimentar o mito e temperar a fama do intempestivo perigoso, com quem não se deve brincar, muito menos duelar.

Toda vez que acordo de madrugada pra mijar, graças à minha próstata em expansão, felizmente benigna, aproveito para disparar e-mails cobrando providências de algum subordinado, ou enviando respostas para meus pares e superiores internacionais. Geralmente acontece por volta das quatro da manhã, quase todas as noites, o que cria uma imagem espartana de executivo madrugador ultradedicado e eficiente, imagem que me esmero em confirmar marcando algumas reuniões, especialmente as que acontecem quando viajamos, em horários tão cedo que beiram o inconveniente. As reuniões não precisam ser muitas, quatro ou cinco por ano bastam para sustentar o mito, e os e-mails não me sacrificam, já que, depois de enviá-los, volto direto pra cama, dormindo como uma pedra até as 7h30. Conheço alguns presidentes de outras empresas que usam essa mesma fórmula, sempre com excelentes resultados. Mas gostosa acima de tudo é a intimidação presencial, usando técnicas divertidas, como a que empreguei na reunião de fechamento do mês passado, tremendo sucesso. Estava atrasado, tinha dormido demais, lembro como se estivesse acontecendo agora. Entro na sala de reunião em silêncio, com a expressão mais compenetrada do mundo, digito algo no celular para dar mais autenticidade à minha máscara, logo todos se calam esperando que eu me manifeste, finjo não perceber, pior, finjo que ninguém na sala significa nada para mim, pior, finjo que estou zangado por algo que algum dos irrelevantes seres presentes pode ter cometido, depois de alguns minutos escolho alguém para encarar, e fico um bom tempo olhando para essa vítima até que ela dê algum sinal de desconforto: rubor facial, crise de pisca-pisca, acesso de tosse, sudorese súbita... Em seguida, desvio o olhar para alguém ao lado, agora por menos tempo, e passo o olhar adiante, varrendo um por um com minha visão tirânica pra baixo do tapete, escaneando lentamente aquelas faces ansiosas, até conceder-lhes minha saudação libertadora, ainda que em tom mais grave que o esperado:

— Bom dia!

Depois de um ritual introdutório como esse, ninguém ousa perguntar, discordar, argumentar, tomar qualquer atitude que, de alguma forma, provoque o retorno de meu olhar perscrutador que, para pânico de todos, sempre é passível de desencadear uma de minhas famosas explosões de agressividade. Quem já presenciou uma dessas, prefere esquecer. A que despejei sobre o Laurent foi magistral. Detonar um vice-presidente, especialmente o de produção, tão valorizado na estrutura da empresa, instala uma permanente sensação de sobressalto em toda a diretoria, e foi providencial para enquadrar aquele francesinho de segunda mão. Nunca mais me encarou do mesmo jeito. A expressão dele, o constrangimento dos demais... inesquecível.

Há também as sessões de perguntas embaraçosas, solicitando informações que, na maioria das vezes, ninguém consegue fornecer. Adoro fazer isso, especialmente depois de abrir a reunião com frases de efeito e citações que pesquiso na internet, na véspera. Sem dúvida, um dos números mais interessantes do meu repertório. Amanda e Guilherme se deliciam, por razões diferentes. Ela, aplaudindo minha atuação como ator; ele, ignorando tratar-se de uma performance artística, ainda que observando sem direito a cotovelos na mesa, deleita-se em testemunhar o exercício do poder e seu efeito paralisador, não importando que seja ele próprio um dos paralisados. Os demais participantes das minhas reuniões de rotina simplesmente torcem para que elas acabem depressa, de preferência sem vítimas. Laurent, depois de atingido pela explosão, tornou-se um ser que espreita, analisa em silêncio, ora aprendendo, ora buscando em mim algum sinal de vulnerabilidade que lhe seja útil mais adiante.

Não sei. Talvez Amanda não consiga perceber exatamente quando sou e quando finjo ser, muitas vezes nem eu mesmo sei. Sabe que atuo, tem inteligência de sobra para saber. Mas deve penar para desvendar meus truques, e isso nos faz jogar constantemente um perigoso jogo de charadas e disfarces. Amanda tinha tudo pra ser um sonho. Pena. Sonho pouco com ela. Compartilhar a mesma realidade é a fórmula perfeita para estragar os sonhos. Meus melhores e mais frequentes sonhos acontecem com Paula, doce Paula. Nenhuma mulher passa comigo tantas noites gostosas como aquela que me visita em sonhos.

Na Quinta Avenida, Paula desfilava como se fosse modelo profissional, combinava bem com as vitrines. Passeando no Central Park, nosso point preferido, parecia personagem de cinema. Às margens do lago, com o sol enfatizando seu rosto, esvoaçava, encantava, bailava, resplandecia. Vimos um musical na Broadway: *A Chorus Line*, espetáculo marcante, mais ainda pela presença da deusa loura na plateia, agarrada ao meu braço. "Kiss today goodbye/The sweetness and the sorrow/Wish me luck, the same to you.../Love is never gone/As we travel on/Love's what we will remember...". Cantei esta música pra ela quando nos encontramos depois, nosso último encontro. Ano passado, busquei na internet, baixei no iPod, difícil de encontrar. Sempre que ouço, vejo Paula sorrindo, e me sinto um homem diferente, romântico, meio bobo como todo romântico, mas melhor do que sou normalmente. Bem, melhor ou não, pelo menos, muito mais feliz.

Onde será que ela anda? Ainda comissária de bordo? Na mesma companhia aérea? Duvido. Está tantos pontos acima, não existem mais comissárias como Paula, aquele cabelo de seda, aquela pele de pêssego, aqueles olhos... que olhos!

Tentei encontrá-la no website, até liguei pra companhia, faz tempo. Se ela, pelo menos tivesse revelado o nome completo. Paula, só Paula. Melhor assim, ela dizia. Melhor assim, repetia convicta, sem nada que nos conectasse mais profundamente. Só o prazer, a aventura, a adrenalina de entrar no avião como quem gira a roleta, torcendo pela sorte grande. Tinha tudo para não acontecer, chances de conto de fadas. Telefone? Nem pensar. Possibilidade de contato em território brasileiro? Fora de cogitação. Pedi muito, insisti até o limite da chatice. Nada. Paula é um enigma, minha esfinge. Desde o primeiro momento, achei que era casada; sem aliança, mas casada. Uma mulher linda como Paula não tem o direito de viver sozinha. Adultério duplo, maravilha, nunca nos enganamos. A perfeita situação dos números relativos: negativo com negativo dá positivo. As culpas se anulam. Ocultar explicitamente também é uma forma de transparência.

Paula e Amanda são mistérios de efeitos opostos. Uma me excita, outra me assusta. Com Paula, o anonimato, a impossibilidade de localizar, tudo fortuito. Não chegamos a ter um caso, apenas um acaso. Dois encontros, duas míseras noites que valem por tantas, de sexo, diversão e descompromisso, encontros mais para ficção do que para realidade, indescritíveis. Com Amanda, totalmente outra coisa. A exigência de casar, mesmo que em Las Vegas, os documentos, informações detalhadas, operações financeiras, contas no exterior, tudo exposto, nudez absoluta, obscenidade. Confiei demais em Amanda, nunca imaginei que confiaria em alguém desse jeito. Agora, ela me lateja na cabeça. Devia ter ouvido Sêneca: "O único segredo que as mulheres sabem guardar é aquele que ignoram." Como pude ser tão ingênuo?

Está me traindo, a cachorra. E perdida a confiança... não quero nem pensar no que posso fazer.

Amanda.

Depois de quatro horas de delay, o dobro da previsão inicial, finalmente dentro do avião. Atrasos desse porte deixam a gente com a pulga atrás da orelha. Que tipo de problema é grande o bastante para atrasar um voo por quatro intermináveis horas? Não dá pra imaginar que seja algo simples. E aí só nos resta torcer para que a equipe de manutenção seja de alto nível, responsável, dedicada, esteja com o salário em dia (tomara que um belo salário) e sem preocupações familiares com potencial para desviar sua atenção. Falando em atenção, what is that?. Aquele homem que acaba de entrar... um deus grego. Está procurando o número da sua poltrona. Vem mais, darling, estou sozinha e desamparada com esta confortável poltrona vazia ao meu lado. Como não vi esse cara na sala vip? Seria maravilhoso ele sentar aqui. Maravilhoso, charmoso, elegante... Lá vem ele, esta viagem promete, olhou pra cá. Bingo! Minha recompensa pela tortura do atraso. Mesmo que a gente nem se cumprimente, o fato incontestável é que vamos passar a noite juntos, dormir juntos, hummm, adoro essa intimidade inevitável.

Gentil o menino, sorriu pra mim. "Good evening"! É inglês, adoro o British accent. E usa um perfume... aposto que é Azzaro. Sugestiva essa marca.

Viver com um marido que não pode nos levar ao cinema, nem ir com a gente a certos restaurantes, como se fôssemos agentes secretos ou foragidos da justiça, é um stress que não desejo nem ao pior dos inimigos. Mas viajar separado do marido não é tão ruim assim. Voos em classe executiva são povoados de homens interessantes, e a cada ano que passa todo mundo sabe que o marido da gente vai caindo no ranking de atratividade. Esse gato deve ser infinitamente superior ao Douglas em assuntos de cama. Adoraria conferir. O que será que ele vai fazer em Madri? Talvez uma escala, como eu. Talvez tenha algum tempinho sobrando. É impressionante o que se pode fazer com um tempinho que sobra. Calma, Amanda. Que assanhamento! Além de casada, você está grávida, sua compulsiva sexual. Grávida. Só de pensar na reação do Douglas, fico enjoada.

— Benhê, tenho uma coisa muito importante pra te contar.

— Se é assunto de trabalho, deixa pra amanhã que minha cabeça está explodindo. — Douglas finge pensar em trabalho o tempo todo, e tem uma dor de cabeça aparentemente verdadeira que o atormenta quase o tempo todo. Às vezes a dor parece conveniente demais pra ser sincera, mas como saber?

— É sobre um trabalho que você fez em mim, e fez gostoso. — Eu estava realmente excitada com a situação, vagina úmida, coração acelerado.

— Opa, gostei do tom. — O sorriso malicioso dele sinalizou que o terreno estava preparado. Aproveitei a brecha e falei com o jeito mais faceiro que sei interpretar.

— Estou grávida.

— Grávida?! Como assim?

— Como assim, Douglas? Isso é pergunta que se faça?

— Estou confuso, lindinha. Não esperava uma notícia dessas tão de repente, sem combinar.

— Confuso, Douglas? Pois eu estou chocada com sua insensibilidade. E lindinha é a p... melhor eu ficar calada. Você me tira do sério, sabia?

— Um filho agora vai atrapalhar nossa vida, Amanda. Já pensou no que isso influencia na sua carreira? Nos nossos planos?

— Pensei no que isso influencia no meu útero, nos meus hormônios, na minha realização como mulher, na minha relação com você, e até, também, inclusive, ainda por cima, na porra da carreira. Concluí, ao fim de tantos pensamentos, que estou na idade certa para ser mãe e que, se deixar passar esta oportunidade, vou acabar me arrependendo mais tarde.

— Filho só traz problema, Amanda. Acredite em mim. Tive quatro e não quero ter mais nenhum. Nunca mais

— Pois eu não tenho nenhum, e quero ter o direito de parir um problema ou uma solução de acordo com meus próprios critérios. Quanto a você querer ou não, o problema é todo e exclusivamente seu. Enjoy it.

— Ok. Se você coloca nesses termos, quem me garante que esse filho é meu? — A pergunta era mais do que suficiente para tirar qualquer uma do sério, mas a forma como ele a formulou conseguiu elevar seu grau de ofensividade a patamares indescritíveis. Vi tudo rodar, respirei fundo, fiquei em silêncio por alguns eternos segundos até encontrar a frase que melhor retratava minha fúria.

— Douglas Emiliano Gomes, você é o homem mais escroto que conheci em toda a minha vida.

Nunca senti tanto ódio de alguém. Encerrei nossa conversa aos prantos, me tranquei no quarto e só voltei a falar com Doug uma semana depois, ainda convalescendo. Tínhamos detalhes dessa bendita viagem para acertar: nossa apresentação pro board mundial, nossa estratégia na reunião, nosso itinerário, nossas férias. Ele chegou com um lindo buquê de rosas, abriu o melhor champanhe francês de nossa adega e me propôs um brinde ao amor e à fidelidade. Cordato, afetuoso, parecia outra pessoa. Entendi aquilo como uma rendição, no mínimo proposta de paz, e brindamos juntos. Depois trepamos, com o tempero que só as reconciliações conseguem dar. No dia seguinte, ele me trouxe o café na cama e, com a cara mais lavada do mundo, sugeriu que eu fizesse um aborto na Holanda.

Só mesmo a recordação dessa conversa asquerosa para me desviar da tensão pré-decolagem. Desta vez, nem senti. Mas tenho coisa melhor pra pensar. Meu vizinho gostosão, pensamento premium, definitivamente não é um frequent traveller. Está levando uma surra dos controles da poltrona. Devo oferecer ajuda, ou espero que ele peça? Belo pretexto pra começar um papo. No voo do ano passado pra Chicago, tive de aturar aquele vizinho bêbado que se confundiu com a proximidade dos apoios de braço e acabou mexendo duas vezes na minha poltrona. Ali, foi incômodo. Aqui, seria uma bênção. Esse monumento de homem, desconcertado, me pedindo desculpas... delícia.

Amsterdam estava em nossos planos de férias pós-reunião. Ok, tudo reservado, dentro do nosso esquema habitual de "disfarça e se encontra depois". Um saco ter de complicar rotas, como se eu fosse dinheiro ilegal a caminho de um paraíso fiscal.

Desaforo foi o Doug reservar uma clínica de aborto sem meu consentimento. Tá me tratando como dondoca desmiolada, o idiota. Tá pensando que eu sou uma de suas antigas mulherzinhas sem personalidade. Eu digo não. Ele finge que concorda e segue seu plano, como se eu não existisse. Canalha. Ninguém me faz de boba desse jeito. Ai, que ódio!

Sempre quis conhecer Amsterdam e sempre quis ser mãe. O babaca tinha de estragar minhas duas curtições de uma só vez. Deixa ele pensando que vou ceder. Pode esperar sentado. Nem morta, Doug. Nem morta.

Guilherme.

NINGUÉM FAZ IDEIA DO SIGNIFICADO DE ESTAR ONDE estou. Que essa ideia jamais tome forma na cabeça de quem quer que seja, faço de tudo pra que isso não aconteça. Gosto do oculto, do camuflado, dos raciocínios porosos, das sutilezas tremeluzentes. São mais charmosas as sombras que a luz; mais sedutora a nudez envolta em véus que a exposição de genitálias despudoradas; mais cintilantes as frases enevoadas; mais intrigantes as imagens indefinidas; mais gritantes as palavras à meia-voz; e mais coloridos os meios-tons que nos livram de vulgares vermelhos, azuis, amarelos, laranjas, marrons, roxos e verdes em sua obviedade cromática. Não ser compreendido à primeira vista garante respeito. Não ser visto — melhor ainda — protege contra as investidas do inimigo e aumenta nossa possibilidade de empreender ataques-surpresa.

Essa é a graça de Deus: ser invisível. Se Deus se apresentasse de cara limpa, o que seria de sua onipotência, onipresença e onisciência? Perderiam a graça. "Interrompemos nossa programação para o pronunciamento de Sua Diviníssima Majestade o Excelentíssimo Senhor Deus." De novo?! Não aguento mais essa pose de sabe-tudo atrapalhando nossa novela.

Em pouco tempo, a gente se acostumaria com a ideia de ter o Todo-Poderoso ao nosso alcance, começaria a discordar, fazer piada, caricaturar sua aparência, imitar seu jeito de falar, seus cacoetes. Deus é esperto. Não aparece porque sabe que exposição sempre desgasta. Comunica-se por metáforas, símbolos, dubiedades, opalescências. Querer aparecer é fraqueza, coisa típica dos humanos.

Desapareci por um tempão, enquanto estudei na Europa. Três anos em Paris, o quarto ano rodando por quase todos os países do velho mundo: Inglaterra, Escócia, Irlanda, Alemanha, Áustria, Bélgica, Suíça, Itália, Espanha, Portugal, Grécia, República Tcheca, Turquia, Suécia, Finlândia, Dinamarca, Noruega, Rússia. Minha mãe dizia "Esse menino vai longe." Eu fui. E gostei, e aprendi, e experimentei tudo o que parecia valer a pena, e fiz contatos com todo tipo de gente. Eurailpass no bolso, mochilão nas costas, e tome histórias, memórias, sonhos... Cabia tudo, bom demais. Se não chegasse a triste notícia, talvez estivesse lá até hoje. Talvez não, sei lá. Minha mãe morreria de saudades. Quem sabe não foi disso mesmo que ela morreu? Não, não, sem essa, Guilherme! Que merda de pensamento!

Passados meus quatro anos de evanescência, voltei, mas continuei na sombra, confortavelmente instalado onde não há risco de me queimar. Duas árvores frondosas garantem a cômoda cobertura que desfruto: minha chefe gostosinha e o chefe de todos os chefes, metido a gostosão. Eu? Cumpro tudo o que se espera de mim e mais um pouco, sempre, com afinco e dedicação. Funcionário-padrão, com carreira promissora, mas, por enquanto, apenas um assistente. Portanto, assisto. Trabalhei direitinho para chegar a este ponto de observação privilegiada. Pesquisei o perfil de quem mandava em quê, me descrevi nas redes sociais como a pessoa que interessaria às pessoas que poderiam definir meu futuro. Sou diferente daquilo que mostro no Facebook, no Linkedin, no Twitter, no FourSquare, na fila do banco, no restaurante, na rua, na empresa, no cinema, no mictório público, até na frente do espelho. Claro que sou. Ou existe alguém que não é? Ninguém se apresenta como é de verdade, nem on-line, nem off-line, por falta de ser, falta de saber efetivamente quem é, ou falta de querer revelar o que sabe. Quem está em cena é o personagem que uso para atrair o que me interessa, atingir meus objetivos. O pouco que conheço do Guilherme real guardo pra mim, é só meu, e de alguns raros outros especiais, a quem revelo fragmentos diferentes, nunca o conjunto da obra. Na verdade, me acho meio esquisito. Tenho ideais, coisa rara hoje em dia, sei. Pura falta de opção. Sou muito jovem para não ter esperança, por isso faço questão de tê-la. Recuso-me a aceitar as coisas como são, a ficar assistindo à vida. Já basta ser assistente na empresa. Quero fazer alguma coisa que justifique minha vinda ao mundo, é isso. Alguma coisa, qualquer coisa. Mesmo que seja a coisa errada.

Ingrid.

QUANDO PAPAI MORREU, ALI COMPREENDI TUDO COM uma clareza estupenda. Adoro essa palavra "estupenda", glória e estupidez na mesma palavra, como acontece com as pessoas. Mas foi ali, vendo Douglas se encarregar de tudo, decidir tudo e levar em frente tanto as providências do enterro quanto as do casamento, tudo ao mesmo tempo e com a mesma desenvoltura, que se concretizou o mito do homem inabalável que construí durante minha infância e adolescência. Meu pai no caixão, minha mãe fora de si, e todos os olhos voltados para Douglas, que, simplesmente, dava as ordens, distribuía tarefas. A mim quase ninguém notava, como, aliás, nunca notou. Douglas, o aluno nota dez; Ingrid, um zero à esquerda. Douglas, o astro, brilhante, inteligente; Ingrid, apenas plateia, nem coadjuvante conseguia ser.

Reconheço que tinha tudo pra sentir ciúmes de meu irmão, criar rivalidades e traumas que só vêm à tona nas ceias de Natal ou divãs de analistas. Meu pai só ligava pra ele, minha mãe não conseguia esconder sua preferência por ele, o mundo girava em torno dele. Mas não. Eu adoro meu irmão, acho que ele é um cara genial e mais espirituoso do que a maioria das pessoas consegue enxergar. Até hoje, morro de rir quando lembro as imitações que ele fazia do tio Clodoaldo, da vizinha manca do prédio da frente dançando rumba e do papai comendo jabuticaba, era engraçado demais, e eram performances exclusivas, só pra mim. Tenho ou não tenho de me sentir lisonjeada?

Outro ponto que eu acho fantástico no Douglas é sua capacidade de dizer as verdades mais chocantes e dar as opiniões mais desagradáveis na lata, sem rodeios, com uma naturalidade tão grande que parece até que ele está brincando. Quando ele fazia essas coisas, como dizer pra Fatinha que ela devia voltar em casa e se livrar daquele vestido horrível antes de ir pra festa, por mais que fosse grosseiro, eu tinha de rir, porque era verdade, entende? Uma verdade que estava na cara, diante de todos, mas ninguém tinha coragem de apontar, como aquela história da roupa nova do rei. Douglas era a voz do bom senso a dizer que o rei está nu, e dizia sem dó nem piedade, sem ficar vermelho nem alterar o tom de voz.

Mas o que mais me impressiona nele, desde quando éramos bem pequenos, é o talento para inventar histórias e contá-las como se fossem a pura verdade. Fiquei duas noites sem dormir quando ele me falou do seu encontro com um garoto jupiteriano na escola, que estava na Terra em busca de uma menina que pudesse levar para seu planeta, cujo perfil coincidia exatamente com o meu. Acreditei piamente quando ele me contou que participava de uma seita de adoradores de morcegos que buscava atingir a perfeição de ter cada um de seus membros transformados em vampiros. Tremia de medo quando ele descrevia os sinais de que na casa da vizinha manca, a que ele imitava dançando rumba, vagava uma família de almas penadas indígenas que, torturada e canibalizada por bandeirantes bêbados no terreno onde haviam construído o prédio, buscava eternamente por socorro, agarrando-se às pernas das pessoas. Separar esses relatos extravagantes de qualquer outro relato cotidiano era praticamente impossível. Douglas os fazia com o mesmo diapasão, o mesmo gestual, a mesma expressão facial, independentemente de estar descrevendo a última aula de geografia em seus mais verídicos detalhes ou a mais absurda das fábulas, fruto exclusivo de sua imaginação.

Se meu pai e minha mãe não me deram a atenção que eu gostaria de receber, tinham uma boa causa pra isso: meu irmão era o dono absoluto do palco, não havia espaço pra mim naquele espetáculo. E ninguém é culpado por isso, cada um agiu segundo suas capacidades e sensibilidades, sem más intenções. Mamãe, eu adoro, é uma fofa. Quando aconteceu o AVC, nem gosto de pensar, sofri tanto, mas tanto, que nunca mais tive coragem de olhar pra ela. Aquela figura torta impossibilitada de se mover, aquela não era minha mãe, era uma assombração. Parecido com o que aconteceu com papai, me recusei a olhá-lo dentro do caixão. Meu pai era a figura que andava pela casa, jantava com a gente, perguntava a que horas voltaríamos dos programas de fim de semana, não aquele boneco do Madame Tussaud deitado numa caixa de madeira e cercado de flores por todos os lados. Douglas cuidou do que podia ser cuidado quando papai morreu, e, sem dúvida, está mil vezes mais habilitado do que eu pra fazer o mesmo com mamãe no estado em que ela se encontra. Um vegetal, que diferença faz se eu for ou não for visitá-la?

Reencontrar Douglas? Ah, seria muito prazeroso pra mim, mas temo que só pra mim. Não creio que ele sinta as mesmas saudades que eu sinto. É um homem muito ocupado, muito bem-sucedido, quase um popstar para os meus padrões. Minha presença perto dele acho que só atrapalharia, e eu detesto ser inconveniente. A ele, que está na posição mais elevada, caberia tomar a iniciativa de aproximação caso lhe interessasse; é assim que eu entendo que deve ser Até hoje, não lhe interessou.

Cíntia.

Minha última briga com Douglas foi por causa de Vassily Kandinsky. Briga é algo que me dá náuseas. O derramar de palavras ofensivas contra o ponto de vista alheio é o mais azedo dos vômitos. E nada me ofende mais do que alguém, que suponho ter algum afeto ou o mínimo de respeito por mim, ironizando minha sensibilidade. Sou crônica e agudamente sensível à ironia, às vezes até demais. Assim costumam ser os artistas plásticos, sensíveis e demais. Pintura e fotografia são minhas paixões. Necessito de imagens para me expressar. Por isso descrevo meus pensamentos com tantos pormenores quando, em vez de pincéis ou câmeras, só disponho de palavras. Palavras me assustam por sua inexatidão. Não que eu tente ser científica ou sequer admire a cientificidade. Apenas confio mais nos olhos do que nos ouvidos. E, por mais que a palavra escrita nos chegue à alma por meio da visão, minha menor intimidade com verbos, substantivos, adjetivos, advérbios, conjunções, preposições e congêneres me faz tremer diante de canetas e teclados. Muito mais grave ainda quando se trata de usar minha inábil língua sem o tempo de reflexão que me impeça de lançar no ar pensamentos incompletos, fetos despreparados para vir à luz.

Estávamos no Beaubourg em nossa primeira e única viagem a Paris. Manhã de sábado, luminosa como só as manhãs primaveris conseguem ser. Eu, particularmente inspirada por aquele ambiente e aquela luz contagiante, comentei algo sobre a tese da arte aberta ao espiritual, que Kandinsky compartilhava com Paul Klee. Douglas riu.

— Tá rindo de quê? — perguntei.

— De como você delira quando fala de arte. — Ele respondeu, com um sorriso entre enamorado e cínico, muito típico nele, sinais contraditórios pra deixar a gente confusa.

— É Kandinsky, Douglas, o cara que inspirou o axioma fixado no muro da Bauhaus: triângulo amarelo-limão, quadrado vermelho escarlate e círculo azul profundo. Cores assumindo formas e formas revelando sons. Notou quantos de seus quadros têm nome de "improviso"? Kandinsky é puro jazz. — Até esse momento, eu ainda estava leve, entusiasmada, tentando realmente convencê-lo a admirar a obra e curtir o privilégio de degustar aquela exposição. Mas ele riu novamente. Já havia agido de modo semelhante meses antes, quando lhe falei da raiva expressa por Pollock comparada com o medo que salta das telas de Munch. Mas dessa vez não, o sorriso não veio com o duplo sentido habitual, era sarcasmo puro, cristalino, evidente. Se tem uma coisa que eu não perdoo, é o deboche, especialmente quando vem de quem não está à altura do debate.

— Jazz? Tá vendo? Viajou mais longe ainda.

— Arte é viagem, meu querido. — Disse o "meu querido" com um indisfarçável esgar de repúdio.

— Você fica mais bonita quando está zangada. — Se tem uma coisa que me irrita, é homem que tenta me envolver com elogio barato.

— Não faz isso, Douglas. Não me trata como idiota.

— Que é isso, lindinha! — Pronto. Meu estômago revirou. Lindinha é o cúmulo da vulgaridade.

— Você é pobre, sabia? Cheio de dinheiro, mas pobre. Lindinha é de uma miséria intelectual... de uma falta de estilo...

— E você é uma esnobe, cheia de si com seus óculos moderninhos, tentando emoldurar o mundo com os pontos de vista superelaborados de sempre...

Sempre o quê, Douglas? Quem é você para enunciar generalizações a meu respeito? E fique sabendo que meus óculos, que você classifica como "moderninhos", são sinal de que eu carrego arte no olhar. Quem é você para ironizar minhas escolhas?

— Eu sou o financiador de nossa vinda a Paris, porra! Pago pra você me ouvir, me tratar bem, me dar prazer. Não pra ficar me afogando em suas profundezas artísticas, essa baboseira sem sentido.

Douglas não poderia ter me ofendido mais. Ao dizer o que disse, e fazendo-o no tom de voz em que o fez, colocou um ponto final na discussão, e em nosso relacionamento. Senti-me prostituta, amordaçada, tendo a paga pelos serviços esfregada no rosto por um cliente fedido, cheirando a sexo, cachaça e suor. Engoli em seco. Nada mais disse, resistindo a todas as tentativas que ele fez de amenizar o clima. Voltei ao hotel, arrumei minha mala (nunca havia conseguido arrumar uma mala tão depressa) e saí em busca de nova hospedagem, num hotel mais modesto, que me livrasse da insuportável presença de meu ex-companheiro de viagem e fosse compatível com os poucos euros ao meu alcance.

O auge da vingança foi remarcar o voo de volta. Regressamos em dias diferentes, o que me permitiu três dias de total liberdade para visitar as várias exposições que Douglas se recusava a aceitar. Não queria mais vê-lo nem pintado, e olha que eu adoro pinturas. Enquanto voava para o Brasil, lembrei-me do dia em que fomos ao Deux Magots, sob o manto energético de Sartre e Simone de Beauvoir. Falávamos sobre os prós e contras de relações abertas, como a vivida pelo casal de filósofos. Sem mais nem menos, aparentemente tentando mudar de assunto, acho que por falta de informação para continuar no tema, Douglas desenhou uma árvore no guardanapo — esferográfica sobre papel, com um traço tosco de teste psicotécnico — e me fez aquela estranha pergunta, tão descontextualizada quanto o desenho.

"O que é mais importante? A copa ou a raiz?" — Pensei um pouco, avaliando a possibilidade de ser alguma piadinha, ou demonstração de conhecimentos de RH, ou, muito remotamente, alguma nova perspectiva sobre o que estávamos discutindo, e concluí que a resposta tinha mesmo de ser óbvia.

— Raiz — disse, com um sorriso levemente confiante.

— A copa — retrucou ele, vitorioso por ter adivinhado qual seria minha opção.

— Posso saber por quê, se é a raiz que garante a vida da árvore? — indaguei, divertida.

— Porque a raiz passa o tempo todo a serviço do corpo da árvore — Douglas esclareceu professoralmente —, vive enterrada no chão, enquanto a copa fica lá no alto, dominante, servida pelos nutrientes trazidos pela raiz. Todos os esforços da árvore, a começar pela raiz, se destinam a fazer a copa resplandecer. A copa é o patrão da raiz, mais vista e mais apreciada do que qualquer outra parte da árvore. A raiz é operária; a copa é a glória."

Naquele momento, revelou-se o espírito desprezível que eu, mais lesada do que nunca, levei cinco dias para decifrar. Embriaguez parisiense, só pode ser. Os brilhos da Cidade Luz iluminam tanto que, às vezes, cegam.

Júlia.

Desculpe se me coço desse jeito. Quem vê assim, pensa logo em pereba, alergia... mas não é nada disso. Sofro de uma coceira tão funda que nenhuma unha alcança. Fazer o quê? Desistir não existe no meu dicionário. Continuo insistindo, arranhando a pele que nem uma louca, algumas vezes até sangrar. Braços e pernas, mais do que o resto do corpo. Parece que vem dos ossos, mas não me espantaria se fosse mais profundo. Na verdade, acredito que é. Comichão na alma seria uma boa definição. Nenhum dermatologista explica, talvez a psicanálise, se eu me atrevesse a tentar. Quem gosta de papo cabeça com psiquiatra é minha filha, a Lud. Profundidade é muito perigoso, prefiro atacar a superfície, que não tem risco de contra-ataque. Tudo o que consegui na vida sempre foi assim, arrancado à unha.

Mãe solteira, arranquei o marido de outra. Divorciada, arranquei uma pensão e tanto. Não me casei pra isso, queria continuar junto, ser feliz a dois, como eu acho que sonha toda mulher, não é mesmo? Mas, como não deu certo, alguma compensação era mais do que justa. Finanças temperadas com vinganças. Soa engraçado. Triste, mas engraçado.

Não me gabo de meus feitos. Estúpido triunfo esse, de roubar o homem de outra. Atacar relações duradouras, desgastadas pelo tempo, e ainda mais quando a vítima é toda pudica, useira e vezeira em frustrar as investidas do marido, que dificuldade há nisso?

Desde a adolescência, sou uma espécie de fêmea primal, fogosa, tentadora. Já me disseram que transpiro lascívia em tudo o que faço: olhar, andar, sorrir, comer chocolate lambendo os lábios, chupar picolé, morder maçãs, ajeitar o cabelo atrás da orelha, coçar o pescoço... Sou Eva na essência, atraio homens e serpentes com igual facilidade. Deve estar no DNA. No meu útero, a feminilidade é tanta que dali só saiu mulher: Ludmila, do primeiro homem; Catarina, do segundo. Lindas ambas.

Descobri muito cedo que os homens, por mais normalidade que aparentem, não passam de uns tarados. Dominados por seus pênis, que funcionam como antenas, detectores independentes, levando-os a fazer coisas que não conseguem ou não querem explicar. Li em algum lugar que o pênis é o órgão mais sincero do corpo masculino, talvez o único. Faz sentido, pelo menos está claro que o peru é "ave" que age por impulso, sem medir consequências. Alguns homens disfarçam mais que os outros, se controlam melhor etc, mas são todos fascinados por variações, perversões, invenções, às vezes aberrações. Muito cuidado com o "não", minha amiga. Louca é a mulher que se nega a extravagâncias, a quebras de padrão em geral. Está colocando seu poder em risco. Enfiar a chave sempre na mesma porta vira rotina, nenhum homem aguenta, e reconheço que eles têm alguma razão em seu tédio. Pois é nessas pequenas fissuras, provocadas por bloqueios puritanos, que os casamentos começam a desabar.

Às vezes, dói. Nas primeiras vezes principalmente. Depois a gente se acostuma, e, cá entre nós, tem seu lado bom, apimenta a relação. No meu caso, apimentou a minha e queimou a da outra. Mas, que ninguém se iluda, pregas anais não bastam pra segurar um homem. Na verdade, nada basta. Nem trazer amigas pra compartilhar a cama. Todos eles sonham com isso, ficam doidos só de pensar em duas mulheres se pegando enquanto o paxá se banqueteia com as duas. Meu ex um dia falou em swing, conversamos abertamente sobre a possibilidade, mas não chegamos a realizar. Desconfiei que ele queria mais me dividir com outro do que sentir o gostinho de outra. Muito desconfortável. Havia uma intenção oculta naquilo, estava escrito em seus olhos, homens são previsíveis em sua imprevisibilidade.

Sou especialista na leitura de olhares, e dificilmente erro em minhas interpretações. Percebo detalhes que as palavras não revelam, como se pudesse ler pensamentos censurados ou observar almas através de suas janelas. Bênção, maldição... É assustador enxergar tão longe.

Homens... Depois dizem que nós é que somos complicadas. Envolver um macho em teias, como bem fazem as aranhas, pode retardar o processo de desgaste da relação, deixar a gente mais competitiva... mas eles sempre inventam de querer algo que a mulher não pode, ou não quer, dar. Minha vasta experiência no tema me levou a concluir que não é possível harmonizar as expectativas de machos e fêmeas. Eles, obcecados por conquistar; nós, por seduzir. Parece bobagem, mas afasta. Sedução é doce, aveludada. Conquista é áspera, remete a um papo de fincar bandeiras, marcar território, estandarte enterrado em seus domínios, insaciável em sua ambição de crescer, expandir, latejar. Falos são que nem obeliscos comemorando vitórias, símbolos da virilidade guerreira. Homens ganham mulheres, é assim que se referem a nós, como se fôssemos troféus. Não é à toa que antigamente eles diziam nos possuir. Possessão, palavra forte. Mas é isso, coisa de demônio.

A praga é que gosto muito deles, minha diversão preferida, fazer o quê? Adoro uma pegada forte, ser penetrada, gemer, suar, a sensação do êmbolo. Fico arrepiada só de imaginar.

Douglas nunca foi lá grande coisa. Tinha seus momentos divertidos, adorava falar baixarias enquanto transávamos, o que soava estranhíssimo vindo de um homem que primava pela imagem. Parecia que um outro falava por ele. Eu não falo palavrão de jeito nenhum, acho que pega mal mulher de boca suja, mas aquilo às vezes me excitava, pela transformação que eu observava com o duplo privilégio de provocadora do fenômeno e sua única testemunha. Outras vezes o lance passava do ponto e ficava cômico, me obrigando a lutar pra conter o riso. Tô brincando não. Tinha de fazer um esforço enorme pra não estragar o clima. No fundo, parece que faltava ao Douglas uma virilidade autêntica, macheza legítima, não sei como definir exatamente... paixão, sim, tenho certeza que faltava, e como! Mas teria ficado com ele, me acomodado ao seu jeito, não fosse o ponto extremo a que o safado chegou.

Também, o que se podia esperar? Sacaneou a primeira, a coitada que se derretia toda por ele, por que não haveria de fazer o mesmo comigo? Bastou aparecer a oportunidade, que ele, ó, não negou sua natureza.

Amanda.

Ser mãe, como será a sensação? Quando penso neste alienígena que carrego na barriga, me bate uma emoção tão piegas. Não há como fugir dos estereótipos da genitora de comercial de margarina nessas horas.

Desde pequena, a gente é treinada pra isso, lavagem cerebral, toneladas de bonecas, mamadeirinhas, carrinhos de bebê pra ir treinando a empurrar. Até hoje, guardo minha coleção de Barbies. Soa pitoresco, modernoso, excêntrico, mas no fim das contas é só pieguice mesmo, fruto de um adestramento milenar que entra na corrente sanguínea. Barrigão, enxoval... ah, as roupinhas! Em toda cidade que parar tenho de arranjar um tempo pras lojas de roupinhas. Na Europa tem umas fofíssimas, não importa que ainda não saiba o sexo do baby, nada de azul nem rosa, escolho verdes, amarelos, brancos, e tudo resolvido, cores assexuadas, pra não perder a viagem. Nada disso, será? Não sei. Se me encantar com as rosinhas, descarrego o cartão de crédito. Torço tanto pra que seja menina que vale a pena apostar na minha preferência. Peguei a doença de apostar em Las Vegas, culpa do Douglas com aquela invenção de casar entre roletas... Ah, primeira gravidez, tenho direito, nem que seja pra reforçar a mentalização, girl, woman, lady — vai se chamar Camila, nome da minha melhor amiga de adolescência, tão inteligente, e como fazia sucesso com os meninos! Aprendi muito com Camila. Camilinha, vai ser lindo chamá-la assim pra levar ao playground, às aulas de balé, ao clube... Claro que essa função será das babás, vou precisar de pelo menos duas, porque mommy tem muito trabalho na empresa, mas um dia ou outro, fim de semana que não tenha grandes programas, eu vou junto —, lacinhos, brinquinhos, roupitas cheias de detalhes, calcinhas com estampas da Disney, sapatinhos combinando com o vestido. Adoro os sapatinhos (não posso esquecer de comprar meus sapatos nesta viagem, pelo menos dois pares, e umas bolsas, claro; trouxe uma mala extra só pra encher de compras) e as meinhas, borboletas multicores, joaninhas, não existe bicho mais desenho animado que joaninha, voltar a brincar de boneca... Bota fé, Amanda, você vai parir uma Barbie. A não ser que venha um menino. Melhor nem pensar nisso, pode dar linha cruzada na mentalização, e o pobre do garoto vai sofrer horrores sem um pai decente nem pra jogar um futebolzinho com ele, linha de passe, chute a gol, cabeçada, matar no peito? Douglas? Jamais. Meus peitos, ai, meus peitos! Vão crescer, pendurar, murchar? Será que amamento? Dizem que é bom pro baby. Pra mim, não deve ser, desmilinguida, caída, tendo que disfarçar com o sutiã, escolher as roupas mais pra esconder do que pra realçar. Se precisar, um bisturi resolve, tanto cirurgião bom, um silicone básico...

Ok, chega de pensar em gravidez; agora meu vizinho inglês é que precisa ser mentalizado. Pra que mentalizar meses à frente tendo um homem tão mentalizável ao meu lado? Dormiu rápido, o moço, e continua charmoso. Difícil dormir sem perder a elegância, sinal de pedigree; aposto que ele joga polo montado em cavalos maravilhosos, toma chá às cinco, sabe tudo de Shakespeare... Mas, se perder a aposta, tudo bem, mesmo sem entender nada de polo, chá ou Shakespeare, eu daria pro lord de bom grado. Imagina o Douglas sentado ali, no lugar dele, argh! Aquele ronco, o que é aquele ronco do Doug? Motor movido a álcool, desregulado, bebe mais do que deve, e engasga, rosna, azucrina. Nada a ver com sua pose de dono do mundo, nada a ver com os sinais de sofisticação ensaiada que ele emite de tempos em tempos, nada a ver eu pensar naquela figura que certamente está enchendo a cara num outro avião, com tanta coisa melhor pra pensar. Desgruda da minha cabeça, Doug! Não vê que tá atrapalhando my mentalization? Ai, meus sais!, o vizinho está virando de lado, exatamente pro meu lado, força do pensamento. Estou me sentindo como na primeira vez em que brincamos de mover o copo em Campos do Jordão, Camila toda segura de si, André e Chico amarelando geral. Quem está aí?, a gente perguntando aos espíritos, torcendo pra ter e pra não ter resposta, rindo de nervoso, e eu firme, fingindo estar sob controle, até hoje sou mestra nessa técnica de fingimento. Abre o olhinho, darling, abre!, olha aqui pra sua vizinha assanhada. Ai, tá abrindo, acho que a gravidez me deu superpoderes. Eu tenho a força! Eu tô com medo! Segura a onda, Amanda. Vou sorrir pra ele, um leve toque maternal talvez, tipo watching over you. Sorriu de volta, melhor desviar o olhar com meu jeito de menina encabulada; sempre funciona.

Ismênia.

Chegaram as flores. Como é mesmo que se chamam? Me, mi, mimo, mio, mio, miosótis, claro, miosótis, miosótis, não me esqueças, não posso esquecer o nome das flores que significam "não me esqueças"; seria piada de mau gosto. Tem uma lenda, acho que alemã, sobre o cavaleiro que tentou pegar a flor para sua companheira na beira do rio e caiu n'água, se afogando por causa do peso da armadura, só tendo tempo de dizer "não me esqueças" enquanto era arrastado pela correnteza. Triste essa lenda, mas acho bonita. Não sei quem me contou, que bom que ainda lembro da história; não se fazem mais cavaleiros como antigamente. O peso da armadura, a correnteza irresistível, assim é a vida, enreda a gente, leva pra onde não queremos ir. Eu nesta cadeira de rodas, me levam para dar voltinhas perto de casa, como um cachorrinho babão. Correnteza... armadura...

Quando chegam as flores, a espantalho faz sempre a mesma brincadeira idiota, fingindo desconfiar de um admirador secreto. Dona Ismênia, tem um coração apaixonado que não se cansa de cortejar a senhora com flores, ela diz. Queria ter um namorado assim, dona Ismênia, ela completa. Menina parva. Só ela parece se divertir com essa matraqueação mal-encenada. Namorado, eu... As flores chegam, são bonitas, e daí? Ficam vegetando comigo por um tempo, depois murcham e vão pro lixo. Também já fui bonita, e estou murchando dia após dia. A diferença entre as flores e eu é que elas murcham mais rápido e não têm consciência do que as espera, da lixeira-sepultura que se aproxima voraz e inclemente. Enquanto me movia, pertencia ao reino animal; paralisada, sou vegetal; mais um pouco, serei mineral, habitando as profundezas da terra, convivendo com as pedras, tornando-me apenas um dos muitos elementos de composição do solo. Isso quero esquecer, mas não me sai da cabeça. O que importa é que as flores são belas enquanto vivem, e estão aqui para diminuir meu sofrimento, pronto, nada mais. Beleza e delicadeza existem para suavizar a aspereza da vida. Que vida! Preferia que Douglas viesse. Miosótis, rosas, petúnias, margaridas, crisântemos, tulipas, nem todas as flores do mundo juntas substituem meu filho. Onde andará meu menino? Bebendo, provavelmente bebendo mais do que deve, cheirando a álcool, com a cara inchada, avermelhada. Tive um sonho ruim, aperto no peito, mais apertado que este aperto normal de todo dia. O que é normal numa velha paralisada? Aperto. Só a angústia pode ser considerada normal no meu coração, tomando o espaço que antes pertencia à esperança. Coração de mãe não se engana, talvez por isso vive sempre apertado.

Miosótis combina com mãe. Acho que foi a espantalho, não sei se esta ou a da noite, que me falou da outra lenda: diz que a flor ficou azul porque a Virgem Maria derramou lágrimas sobre ela. Virgem mãe de Deus, quanto choro. O destino das mães é chorar, disso tenho certeza. Eu? Choro mais por dentro que por fora, vou acabar me afogando em minhas lágrimas, como o cavaleiro da armadura na correnteza. Não sei de onde a espantalho tirou essa história. Deve ser invenção dela só pra me distrair, mas gosto de acreditar que é verdade. Dá algum colorido poético à minha paisagem sem graça.

Valéria.

Três dias, não demorou muito. Três dias depois de apresentar uma arma a duas crianças. Apenas três dias nos separavam do fruto daquele gesto.

Nas tardes de terça-feira, um grupo de amigas se reunia lá em casa para jogar bridge, tomar chá, beliscar umas comidinhas e, principalmente, atualizar o papo. Enquanto nos divertíamos na sala, as crianças circulavam pelo resto do apartamento, correndo, gritando, rindo e brigando, como é hábito entre irmãos. Era folga da babá, só a cozinheira estava em ação, alternando o preparo do jantar com rápidas incursões de guloseimas para enganar o estômago das duas tribos em seus diferentes rituais de lazer. De um lado, as mulheres atentas à dança das cartas e à sinfonia das fofocas; de outro, as crianças aproveitando ao máximo aquela trégua de vigilância. Um súbito instante de silêncio do lado de lá nos deu a impressão de que algum controle remoto colocara em ação a tecla *mute*. Estávamos tão concentradas em nossos desafazeres que o inesperado remanso acabou não soando alto como deveria, foi recebido com um halo de gratidão pelo alívio que nos proporcionou, uma gratidão surda e muda, sem comentários que pudessem reacordar a zoeira até então dominante. Perigosa calmaria, a que antecede o maremoto. Uma vozinha aqui, outra ali, e foi-se formando um novo burburinho entre os meninos, em volume e intensidade crescentes. Aparentemente, tudo voltava ao normal, nada além de outra briguinha devolvendo-nos aos altos decibéis de praxe. Era o que provavelmente todas nós pensávamos quando ouvi a voz do Hugo: "Você não pode ser igual a mim!" Havia no seu tom a carga de dramaticidade que eles costumavam importar dos heróis de desenhos japoneses. Victor retrucou de imediato: "Posso sim. Nós nascemos juntos e vamos ser iguais a vida toda." Comecei a achar interessante o debate, até ali mais emocionada com a ingenuidade do texto do que tomada por qualquer tipo de preocupação. Curioso como, só depois do incidente, detalhes ocorridos minutos antes tomaram forma, e frases, que a princípio não passavam de palavras em revoada, surgiram límpidas, plenas de um novo sentido. Olhando para trás, de repente me dei conta de que havia ocorrido, cerca de meia hora antes, uma discussão sobre levar ou não levar para o quarto a pequena escada de armar que ficava na despensa. Lembrei-me até de que naquele debate inseriu-se a zelosa voz da cozinheira: "Cuidado com essa escada! Sua mãe deixou vocês pegarem?" Decerto a resposta afirmativa dos meninos tenha sido convincente.

Mas, como dizia, voltando ao diálogo que acabara de me captar a atenção:

"E vida toda é o quê?", questionou Hugo, rebatendo a fala do irmão. "É o tempo todo que a gente vive, seu bobalhão." "A gente vive, não. Eu vivo, só eu. Vou te mostrar quem é bobalhão." "Hugo, papai disse pra não brincar com isso." "Mas foi você que deu a ideia." "Eu não." "Deu sim, confessa, covarde!" "Dei a ideia de olhar, não de pegar." "Mentira! Deu a ideia de pegar, veio aqui e pegou. Fala a verdade, Victor!" "Peguei só pra ver, não pra apontar pra ninguém. Dá isso pra cá!"

Quando ouvi o verbo "apontar", um calafrio me percorreu a espinha. Ai, meu Deus! Num flash de raciocínio, juntaram-se os fragmentos da conversa precedente sobre a escada e a visualização da planta de nosso apartamento, que situava o quarto do casal e o quarto dos meninos em posições tão equidistantes da sala de visitas que as vozes poderiam estar vindo tanto de um cômodo quanto de outro. Senti um bolo no estômago só de pensar na junção da escada com o meu quarto, e logo uma azeda parcela de chá com biscoitos semidigeridos voltou-me à boca, como que para concretizar o desagradável sabor já instalado no espírito, ou tentar retroceder os ponteiros do relógio, a tempo de reverter o que estava prestes a se tornar irreversível.

Meus joelhos se esvaziaram sem mandar aviso. Por pouco não me estatelo no chão no primeiro impulso de levantar. Contagiadas pelo pânico que eu estampava no rosto e nos gestos, minhas amigas, sem saber exatamente o que me afligia, entenderam que, fosse o que fosse, era grave e, cada uma a seu modo, serviram-me um instantâneo estoque de olhares, desde questionadores até levianamente consoladores. Só depois de algum tempo, consegui decifrar aqueles olhares. Alguns deles ficaram eternamente associados ao azedume do meu quase vômito. "Rê-rê, agora está comigo, Hugo vai virar ninguém..." — A voz do Vitinho, pela primeira vez, soava maligna. Deus me perdoe pensar isso do meu filho, mas foi a entonação mais apavorante que meus ouvidos registraram até hoje.

Longas frações de segundos. Eu ainda lutava contra os joelhos ocos, cambaleando entre a mesa e a parede mais próxima, quando a voz fininha do Frederico confirmou o alarme: “Victor, vira essa arma pra lá!” E gritou com todas as forças: “Manhêêêê!”

Como respirar numa situação dessas? Meu corpo pesava toneladas, o assoalho viscoso, pernas desgovernadas, braços dormentes, cabeça formigando. Pensamentos? Queria evitá-los a todo custo, exorcizando as possibilidades assustadoras que o cérebro se atrevia a propor.

A frase do meu pequeno Fred terminou com um estampido. Não havia mais dúvida. Eles estavam no meu quarto, fazendo exatamente o que eu me recusava a imaginar.

Guilherme.

Minha mochila pesava uma tonelada. Na verdade, não era minha. Detestava seu estilo, suas cores, nada nela combinava comigo, principalmente o conteúdo, de um peso absurdo, tão surreal que, mesmo que eu quisesse, não poderia me pertencer. Tiquetaqueava baixinho. A mochila que não era minha tinha hora marcada para explodir, e aquilo era irrevogável, tanto quanto o passar do tempo.

Parti da Rue Marbeuf, onde alugamos um apartamento pequeníssimo. Ação bem cronometrada. Ensaiei o percurso três vezes, e o tempo nunca variou mais que um minuto: entre 18 e 19, nem um segundo além de 19 minutos, o que só aconteceu na terceira vez, quando procurei andar mais devagar, preocupado em não chamar a atenção para uma pressa que poderia ser interpretada como stress de criminoso.

Tinha de ser a pé, para fugir de imprevistos no trânsito, atrasos de metrô ou qualquer outro transporte menos confiável que minhas próprias pernas. Tinha de ser em dezembro, para que o frio justificasse as luvas que me poupariam de espalhar impressões digitais, além da touca e do cachecol que me ajudariam naturalmente a esconder o rosto. Tinha de ser a partir de um ponto insuspeito e distante, para nos afastar do alvo, e esse ponto de partida tinha de ser na Rive

Droite, pelo mero prazer de inverter a lógica: um grupo com pensamentos de esquerda, sediado na direita do Sena para detonar um ponto nobre da Rive Gauche, palco das célebres manifestações de 1968. A esquerda infiltrada na direita, private joke, besteira pura, como outro punhado de besteiras que nos esmeramos em acrescentar pelo caminho.

Uma vez acionada, a bomba levaria exatos 39 minutos para explodir, o que me deixava 10 para plantá-la e outros 10 para me afastar do local sem provocar suspeitas. Essa era a matemática implacável a que estávamos submetidos, motivada pela regra da mínima permanência do agente no cenário da ação, cujo principal benefício era dificultar nossa identificação por eventuais testemunhas.

Dobrei na George V pontualissimamente às 11h15, onde meus dois companheiros — um francês, Jean Luc Clochard, meu segundo contato em Ajaccio, e um marroquino, Said Pamuk, ex-integrante da Gang de Roubaix — fizeram contato visual e começaram a me acompanhar a distância, conforme combinado. Dois caras compenetrados, cujo papel era me dar cobertura, apoio moral e, ao mesmo tempo, vigiar, pressionar, não permitir que eu saísse do script. Fazia zero grau, não havia nevado nos dias anteriores, o dia estava lindo.

Atravessei a Pont de l'Alma, escolhida por dar um quê de transcendência ao que fazíamos e por desembocar na Place de la Resistance. Muita pretensão a gente se identificar com os heróis da resistência, mas foi assim que decidimos cada passo, movidos por uma pieguice heroica que pra nós fazia todo o sentido. Agíamos em nome da FLNC — Frente Nacional pela Libertação da Córsega, prestes a executar um atentado de alto impacto no coração de Paris, para mostrar ao dominador o quanto estávamos determinados a lutar pela independência daquela ilha que, não satisfeita em inundar meus olhos de beleza, fez transbordar meu coração de idealismo. Ali nascera Napoleão, ali pisávamos no solo ideal para o florescimento de grandes façanhas, ali havia uma briga que merecia ser comprada, como no passado tantos estrangeiros compraram a briga da Guerra Civil Espanhola. Eu comprei. Sentia-me como um voluntário das brigadas internacionais dos anos 30, e levava minha causa libertadora nas costas, enquanto l'Alma ficava para trás. Da Resistance em diante, era só percorrer o Quai Dorsay. Imaginei o badalar de sinos, muitos deles, como um megadespertador a recrutar minha lembrança de Ernest Hemingway e a sensação de que em algum momento alguém perguntaria por quem os sinos dobram, e só eu saberia a resposta.

Ao passar pela entrada da Pont Alexandre III, não pude evitar um olhar reverencial e previamente saudoso, era a última vez que veria aquela ponte majestosa com suas esculturas douradas, pois teria de sumir da França em poucas horas, e sabe-se lá se e quando teria condições de voltar. Foi naquele momento que o peso da carga quintuplicou, não pela privação que teria de suportar, mas pela realização súbita de que estávamos brincando com fogo.

As margens do Sena de repente calaram, silenciadas pelo latejar de minhas têmporas que ameaçavam explodir antes da mochila. Minhas têmporas e meus passos, amplificados como num filme de suspense, apenas isso eu conseguia ouvir. E aquele peso insuportável nos ombros, cada vez mais esmagador à medida que eu me aproximava da antiga estação ferroviária que se transformou na maior coleção de arte impressionista da França: Gare d'Orsay, ex-território ajardinado da rainha Margot, ex-quartel de mosqueteiros, ex-Ministério do Exterior de Napoleão e atual museu mais gostoso de Paris, a caminho de se tornar cenário de uma ação de protesto, que eu me negava a chamar de "terrorista" mas que corria o risco de se transformar numa carnificina sem precedentes.

A visão da loucura em que eu estava metido clareava-se a cada passo, roubando-me o fôlego e o ritmo cardíaco. Sentia-me prestes a desmaiar, suava em bicas, e já considerava que morrer era melhor do que suportar a culpa por qualquer vida desperdiçada, ou mesmo pelos danos que causaríamos à arte. Um templo com Rodins, Monets, Renoirs, Van Goghs, Gauguins e tantos outros deuses não merecia ser violado daquele jeito. Discutimos isso na fase preparatória. O primeiro alvo pensado foi a Torre Eiffel, mais óbvio impossível. Mas só funcionaria se a derrubássemos, e não queríamos protagonizar uma tragédia que nos colocasse no patamar de uma al-Qaeda, embora alguns de nossos companheiros, egressos da Gang de Roubaix, idolatrassem aquela organização assassina a ponto de sugerir que também nós, a exemplo da Gang, passássemos a lhe dar apoio logístico. Não tínhamos tamanho para tanto. Éramos um grupo pequeno, de nacionalidades e credos mesclados, preocupado mais em abalar os alicerces do status quo do que em destruir no sentido estrito da palavra. Queríamos pressionar as autoridades francesas a atender à nossa reivindicação de liberdade, e acreditávamos que o caminho mais curto para esse objetivo era ampliar nosso campo de ação, fazendo com que o grito, até então ilhado nos limites da Córsega, fosse ouvido e sentido de perto pela população do país opressor, de forma que todos, por motivações e com gradações distintas, começassem a exercer pressão sobre o governo.

O segundo alvo pensado foi o Louvre, outra obviedade, mais exatamente a pirâmide de vidro, que produziria estilhaços hollywoodianos. Foi poupado principalmente por dispor de um aparato de segurança que complicaria nossa atuação, mas também pelo excessivo número de vítimas que poderia causar. Chegamos a cogitar o Marais, sugestionados por alguns companheiros antissemitas, mas, fora a concentração judaica naquele distrito, que só interessava aos simpatizantes da Jihad infiltrados entre nós, nenhum outro ponto justificava que nos dirigíssemos para lá. Aliás, tudo recomendava que nos afastássemos de lá sob pena de começarmos a confundir os objetivos do movimento com questões que não nos diziam respeito. Entre os candidatos a alvo realmente sérios que surgiram a seguir — Beaubourg e d'Dorsay —, a decisão não foi lá tão difícil, bastou o quesito representatividade histórica.

Como já disse, nosso objetivo não era eliminar pessoas, apenas assustar, incomodar, infernizar e fragilizar o poder. Cada um de nós tinha uma visão particular do que estávamos combatendo, e a certeza única de que combater era preciso, para alcançar o que buscávamos. Eventuais vidas ceifadas entrariam na contabilidade sob a rubrica de "danos colaterais", essa expressão hipócrita que só vale quando nem nós nem aqueles a quem amamos se encontram no grupo dos colaterais. Relembrando o perfil de meus parceiros daquela época, entendo hoje que ativistas em geral não se sustentam apenas pela ideologia; necessitam de uma liga pessoal, alguma ferida não cicatrizada em sua família, algo que lhes potencialize a motivação. Desprovido desse plus motivacional, já que até ali nada de especialmente grave havia me atingido, lá ia eu, meio autômato, meio burro de carga, prestes a cometer uma enorme cagada.

Entrei no Quai Anatole de France, perto demais do objetivo, e, por incrível que pareça, me surpreendi pensando em quantas pessoas acham que o Musée d'Dorsay fica no Quai d'Dorsay, curioso malabarismo da mente, aliviando-me a tensão com banalidades. Ao atravessar a Rue de Solférino, a estátua de Thomas Jefferson me olhou com ar de reprovação, contrastando com o brilho entusiasmado no olhar de meus dois companheiros que, à revelia dos planos, busquei outra vez, como que pedindo socorro.

Finalmente, o destino. As primeiras imagens que vislumbrei ao me aproximar da entrada foram o *rinoceronte*, esculpido por Henri-Alfred Jacquemart, e crianças. Havia um grupo de crianças, guiado por uma professora com jeito de Noviça Rebelde, chegando naquele exato momento, tão felizes que quase chorei. Precisava disfarçar, me controlar, mas era impossível esquecer que aquela merda que eu levava no lombo explodiria em exatos dezoito minutos e meio. A emoção me atrasou bem mais do que eu imaginava, quebrando de longe o record de demora estabelecido no terceiro ensaio. Meu cronômetro de pulso estava sincronizado com o detonador, e eu não conseguia tirar os olhos dele, como se ali, e não na mochila, habitasse o monstro ceifador de vidas.

Por estratégia do grupo, quem levava o artefato não devia ser quem o montava, nem podia saber como desativá-lo, melhor ainda se não entendesse nada de explosivos, exatamente o meu caso. Nossas missões eram inabortáveis, dizíamos. Havia planos B, C, D, procedimentos de emergência, mas desistência, jamais.

Segui, conforme planejado, direto para a bilheteria. Três minutos e meio, restavam-me quinze. A fila para passar pela segurança fazia lembrar o embarque em voos internacionais, sempre maior do que se espera. Levaria mais que cinco minutos para passar por essa que era a mais delicada das fases. E, se nenhum guarda cismasse comigo, se nenhum sinal dos explosivos plásticos e componentes fosse captado pelos instrumentos de vigilância, se eu escapasse da revista manual randômica normalmente praticada pelos serviços de segurança, se, se e se, ainda assim não me sobrariam mais do que dez minutos para ingressar no museu, fingir observar o ambiente, caminhar com calma até a loja normalmente frequentada por quem está de saída, deixar a mochila no chão a pretexto de folhear um livro, recolocar o livro no lugar, "esquecer" a mochila e sair sorrateiramente, a tempo de não me tornar uma das vítimas.

Os especialistas do grupo garantiam que nossa bomba nunca seria detectada pelo raio X, e que bastava agir com naturalidade para não atrair a atenção dos seguranças. O problema era agir com naturalidade numa situação daquelas, especialmente quando o velhinho à minha frente não parava de apitar, sendo obrigado a tirar intermináveis objetos metálicos do bolso e refazer o percurso. Comecei a refletir sobre as falhas do nosso plano, e tive uma súbita vertigem. Não podia desmaiar ali, com a morte pendurada nas costas. Empertiguei-me, não adiantou grande coisa. Minha palidez me denunciaria. Minha culpa, meu pânico, minha taquicardia, tocavam trombetas ao meu redor, acendiam holofotes sobre mim, convidavam todos os olhares a me observar. Era assim que eu me sentia quando saí da fila em busca do plano B: deixar a mochila do lado de fora do museu. Meus coleguinhas se entreolharam. Said falou alguma coisa no celular. Dirigi-me ao rinoceronte, abaixei para amarrar os sapatos e, depois de caprichar no laço dos cadarços, preparei-me para ali deixar o volume que, em cinco minutos e meio, estilhaçaria a bonita escultura e talvez alguns passantes azarados. Foi quando chegou uma excursão de japoneses, muitos deles, todos ávidos por registrar o que encontrassem pela frente com suas câmeras engatilhadas, a começar pelo rinoceronte. Olhei para minha inútil dupla de parceiros. Não devia, mas olhei de novo. Seus olhos me gritavam para largar a mochila onde ela estava, antes que eu me tornasse um camicaze, voando pelos ares com aquela delegação nipônica. Odiei meus cúmplices enquanto me dividia entre a consciência humanitária e o compromisso de cumprir a missão. Vaidade, não posso negar a existência desse elemento naquela complicada equação: a vaidade de executar bem a tarefa a que me propunha. Sempre fui assim, impossível evitar. Procurei desesperado pelo Plano C, outro possível ponto de detonação, não o cavalo tão próximo do rinoceronte, mas o elefante, mais afastado, com a corda amarrada na pata, atormentado por um macaco de dentes arreganhados, esculpido por Emmanuel Frémiet. Decorei a ação e as obras que ela podia atingir; mais um pouco, poderia trabalhar como guia do museu. A terceira escultura era o meu alvo preferido desde o detalhamento do plano — eu detestava aquele macaco pentelhador de elefantes —, mas ficou relegada a terceira opção, graças às escadarias onde muitos turistas costumam sentar, dando uma folga aos pés massacrados de tanto circular pela grande área do museu. Miraculosamente, e com uma ajudinha do frio, naquele dia havia menos gente na escada, e ninguém tão perto da escultura que se pudesse considerar condenado à morte. Feridos sim, mas muito provavelmente sem óbitos. Larguei a enorme banana mochiloforme nas mãos do macaco e parti em passo acelerado, feliz por poupar vidas, destruir o macaco e libertar o sofrido paquiderme de seu tormento. Dois ínfimos minutos de fuga e tudo estaria terminado.

Meus companheiros se dispersaram enquanto o marroquino voltava a prestar contas de meus atos pelo celular.

Tendo alcançado uma distância segura, em plena passarela guardada por Thomas Jefferson, no caminho de volta para a Rive Droite, reduzi o passo, contraindo os músculos à espera da explosão. O tempo se esgotou. Entramos no período dos descontos, aqueles minutos extras que os juízes de futebol adicionam à partida. Segui caminhando no lado oposto do rio, Quai de Tuileries. Parei um pouco antes de chegar à Place de la Concorde, desfrutando um ângulo do qual se pode ver o obelisco de um lado e a Torre Eiffel do outro, como parte de um mesmo raciocínio estético peniano grandiloquente. Um, dois, três, quatro, cinco minutos. Por mais que a tecnologia não fosse tão precisa quanto apregoava, cinco minutos eram inaceitáveis. Atravessei a Concorde, passei por uma fila de veículos da gendarmerie postados em frente à entrada dos jardins, e fiquei prestando atenção para captar sinais da existência de algum fato preocupante nas redondezas, um alerta pelo rádio, uma agitação qualquer, sei lá. Nada. Fracasso absoluto, minha alma estava salva.

O que aconteceu jamais foi esclarecido. Falha do detonador seria a explicação mais fácil. A segurança do museu ter encontrado a mochila e desativado a bomba em tempo recorde seria espetacular demais, embora tenha nos chegado a informação de que o local foi isolado e o esquadrão antibomba acionado naquele dia, em horário não confirmado. Minha suposição preferida é a de que o companheiro que montou o artefato tenha passado por uma crise parecida com a que se abateu sobre mim e, deliberadamente, não tenha ativado a bomba. Era um argelino muito gente boa, Abdul Kemal Baydar, que, embora negando enfaticamente que houvesse alguma falha em sua atuação, transmitia uma paz no olhar só possível aos que não carregam mochilas pesadas na consciência.

Levou um bom tempo para convencer os cabeças do grupo, mas consegui me afastar do movimento sem sequelas. Descontados os pesares e remorsos desse período desmiolado, restou uma experiência e tanto, que poucos conseguem viver sem finais trágicos, além de uma lista de contatos bem interessantes em diversos países da Europa, particularmente na França, desses contatos que aceitam os mais variados tipos de encomendas, das mais simples às menos ortodoxas. Não fosse a triste notícia, meus contatos me acomodariam tranquilamente em solo europeu, e hoje, provavelmente, eu seria outra pessoa.

Se Douglas e Amanda imaginassem... Se alguém na empresa soubesse... Se algum de meus ex-companheiros adivinhasse...

Cíntia.

Pintar as unhas é. Usar batom é. Ruge, rímel, sombra, qualquer mexida no rosto é. Tintura no cabelo é. Alisantes, ondulantes, tudo que altera é. Arte.

O corpo tornado tela, a pele, os pelos, modificados pela ação do maquiador, cabeleireiro, artista pintando em si, autorretrato. A empresa de Douglas tem lá sua arte, que ele não vê, nunca verá. Pensei em dizer-lhe isso, seria um elogio, bronca positiva, chamada de atenção, mas meu acervo de deboches sofridos não suportava ampliações. Em plena batalha do Beaubourg, no auge do ataque a Kandinsky, naquele dia lindo que Douglas nublou não havia clima, péssima hora pra me bater a inspiração. O imbecil não merecia ouvir minha iluminação, e eu não precisava passar por novas humilhações. Houvesse o conflito eclodido um pouco depois, eu teria elevado aquele asno à categoria artística. Que disparate. Escapei por pouco. Pior pra ele. Talvez não, melhor pra todos. Pérolas aos porcos não interessam nem às pérolas nem aos porcos.

Arte é um cosmético da vida. Não é uma definição perfeita, mas toda definição de arte é imperfeita.

Arte faz tudo parecer mais bonito, disfarça as imperfeições. É uma espécie superior de mentira, fazendo a gente acreditar no que é basicamente imaginação, concretizar abstrações. O que é um ator se não um mentiroso competente? Leva-nos a crer que estamos diante de Otelo, Joana d'Arc, Homem-Aranha, um mentecapto, extraterrestre, gênio, fantasma, vampiro... e a viajar com ele num emaranhado de falsos pressupostos e ilusórios cenários. O que é um romancista se não um ser que inventa outros, e os lança em conflitos capazes de nos tirar o fôlego? Horrível admitir, mas Douglas é arte. De péssimo gosto, como os quadros, livros e peças de baixa qualidade, que eu desprezo e ele mal consegue diferenciar das obras-primas. Mas não posso negar o posto que sua capacidade de mentir lhe outorga. Canastrão, repulsivo, hipócrita... arte pode ser cada coisa... até mesmo uma coletânea de defeitos.

Museu Reina Sofia, em Madri, ano passado. Depois de me fartar com *Guernica* e um monte de outros quadros maravilhosos, deparei com uma rachadura no piso que, naquele contexto, parecia arte. Fiquei rindo ali, com os olhos pregados no chão, feito uma idiota. São bonitas as imperfeições quando trabalham a favor da ruptura de padrões, da quebra do comodismo, e uma rachadura no piso era, exata e literalmente, ruptura e quebra. Naquela circunstância, ruptura e quebra enaltecidas pelo contraste. Imperfeições podem ser maravilhosamente divinas ao salientarem a falibilidade humana. Ou insuportavelmente demoníacas quando, deixando de ser exceções, tornam-se regra.

Douglas, se observado com generosa e abrangente licença poética, poderia ser catalogado como uma rachadura num piso todo rachado. Aberração que, cercada de outras tantas, não se reconhece como tal, autorizada pela ignorância a integrar uma categoria muito específica de arte. Na falta de nome mais elaborado, digamos que seja algo como... arte do mal-entendido.

Douglas.

DORMIU BEM?

Nunca essa pergunta foi tão doce quanto na primeira vez em que voei com Paula. Aeromoças não fazem esse tipo de pergunta, não consta do manual das companhias aéreas, até porque a resposta é óbvia, onde já se viu dormir bem em avião? Mais uma vez o ineditismo agregou valor, um valor que se estendeu às situações onde a pergunta deixou de ser inédita, nas duas manhãs que compartilhamos em quartos de hotéis. Raras mulheres me fizeram essa pergunta. Minha mãe tinha um "Dormiu bem?" funcional, preocupada com o estado de saúde da cria. Valéria, de início zelosa, depois melosa, seu "Dormiu bem?" tornou-se protocolar. Mais ninguém que eu me lembre, e, se não lembro, nenhum significado há de se esperar. Só na voz de Paula essas duas palavras significavam três: te quero bem. Estava na entonação, no sorriso contíguo ao enunciado, na inclinação da cabeça, na penetração do olhar; o olhar de Paula era uma sonda. Só Paula, desde quando apenas aeromoça, talvez instintivamente pressentindo o enredo de nossa breve história, sabia colocar tanta intensidade nas frases e nos gestos mais corriqueiros.

Toda vez que acordo num avião, pescoço duro e coluna torta (a dor de cabeça que ainda resiste bravamente aos analgésicos nem precisava entrar ou, melhor, continuar em cena), sinto falta daquele "Dormiu bem?". Deneuve não perguntou. Se perguntasse, me arrepiava todo, já basta a suavidade dos gestos e os pelinhos no braço, penugenzinha, tão parecidos com os de Paula. Mais um pouco vem a agitação do café, luzes acesas, toalhas quentes chegando quando todos tentam ao mesmo tempo usar os minúsculos toaletes, despertador incômodo de um sono que não merece esse nome, tão maldormido que é. Amanhecer no avião é uma merda. Dormiu bem? Soa irônico. O sorriso de Paula tinha um pouco disso, ironia mesclada com afeto, pergunta de quem sabe a resposta e faz questão de perguntar, só pra deixar claro que se importa com a gente. Na cama, lençóis triturados, cara amassada pelo massacre travesseiral, cabelos em revoada, a mesma pergunta, no mesmo tom e, sem querer, ainda irônica, maliciosa, sacanamente gentil. Quem não dormiria bem ao lado de Paula? Pronto, acenderam as luzes, as pessoas acendem juntas. Saco, minha cabeça fisgou mais forte, reage ao sol descabido que trouxeram pra cá e a esse burburinho sádico puxado pela tripulação com seus carrinhos de louças chacoalhantes. Estou meio zonzo, estrelinhas em volta da cabeça, pica-pau depois da marretada, igualzinho aos desenhos. Agora falta pouco, menos de duas horas, uma esticada no esqueleto, assim... cacete! estalaram todas as juntas. Juntas?, brevemente separadas. Um dia acontece, desmorona osso pra todo lado, pecinhas de quebra-cabeça que ninguém vai ter paciência de remontar. Quem se habilita a ressuscitar Jason? Todos me bajulam, muitos respeitam, alguns temem, mas quem gosta de mim de verdade? Deve ter alguém — minha mãe não conta, tadinha, no estado em que está, nem que contasse contaria —, alguém nesta vida embolada, estressada, enjoada, que deve gostar de mim. Amar é muito forte, gostar é o bastante. Valéria, será que ainda? Paula, será que onde? Amanda, será que ao menos? Porra, algum filho, nem que seja apenas um desses sanguessugas que botei no mundo. Não é tão difícil gostar de um cara como eu, um cara que... enfim... pode... adiantar coisas... comodidades... pode... tanto... porra!

A toalha quente está chegando. Na sequência, vem o suco de laranja mais ácido do mundo; todo suco de avião é um estímulo às aftas.

E se a gravidez de Amanda foi inventada? Não me mostrou o exame, pode muito bem ter criado a situação pra me testar. Se foi isso, tomei bomba no teste. Falando em bomba, aquele árabe barbudo está mexendo pela segunda vez na bagagem de mão. Tô de olho em você, ô da barba! Não faz sentido, Amanda não teria motivos pra inventar uma história dessas. Sentido, motivos... só na literatura e nos filmes é que os acontecimentos precisam de justificativa, a vida real dispensa explicações, dispensa não, porque a gente vive tentando explicar, eu, então, com meu racionalismo compulsivo... Mas a maioria das coisas não tem razão de ser porque não tem, simplesmente é. Minha arma na bagagem, bom exemplo, talvez minha única decisão não racionalizada. Por quê? Pra quê? Porque sim, porque se me der na telha, sei lá. Amanda que se cuide, se criar muito problema, eu... queria tanto que ela tivesse inventado essa gravidez, tão bom se ela estivesse... Bobo não, nunca fui, isso é defesa, fuga da minha cabeça, como dói esta cabeça, claro que aquele olhar embevecido, depois ofendido com minha reação, claro que... Lá vem Deneuve com seu carrinho e o script de sempre na ponta da língua. Omelete ou cereal? Tomei uma implicância com essa pergunta! Melhor garantir o toalete antes que o carrinho estacione ao meu lado, enquanto a bexiga ainda me obedece.

Amanda.

DID YOU SLEEP WELL?

Vou perguntar com a maior naturalidade. O que tem de mais? Se fosse uma mulher, um velhote, uma criança, podia perguntar, não podia? Só porque é um gato não pode? Apenas um ato de cordialidade. O mundo seria mais pacífico e bem mais agradável se todos se perguntassem "Dormiu bem?" realmente interessados no bem-estar do próximo. Claro, um sorrisinho dengoso de canto da boca pode transformar qualquer pergunta, até mesmo "Que horas são?" ou "Quanto está o jogo?", num convite a maiores aproximações, que podem se tornar intimidades. Como as do sonho. O que é que foi aquele sonho? Preciso desconectar do sonho, pensar na reunião de Paris, nas férias que vêm depois. Ah, férias! Não lembro de ter sonhado em nenhuma de minhas outras viagens de avião, e logo nesta resolvo sonhar com ninguém menos que o vizinho de poltrona. Meu powerpoint pra reunião está mais do que conferido, as informações fazem sentido, as mentiras bem contadas, e o layout caprichadíssimo como só o Guilherme sabe fazer, nada mais a acrescentar, retirar ou ensaiar. Que loucura, ser comida no banheiro do avião por esse príncipe britânico, parecia cena de *Emanuelle*, tão real que até gozei, inédito, menina!, gozei tão gostoso, ai, calcinha melada, será que gemi dormindo? Será que... não, sexomnia é bullshit dougliano pra justificar suas taras, nunca acreditei nas desculpas esfarrapadas dele: "Não lembro o que aconteceu esta noite, o que foi que eu fiz?" Mas que seria legal, seria, poder comer quem estivesse por perto... hummm, esse inglesinho por exemplo... e botar a culpa num distúrbio cientificamente defensável, inocente como um anjo, sexo dos anjos, durma com os anjos, minha avó dizia, cumplicidade médica, eu acho, dá-se um nome e pronto, tá explicado. Sexomnia ou sexomania, semelhança demais pra ser coincidência. Se bem que eu tenho uma justificativa imbatível: tô grávida. E se grávida pode ter desejo de comer sardinha enlatada com doce de leite, pêssego em calda com feijoada ou mingau de aveia com alcaparras — outro dia acordei louca por miojo com chantilly —, por que não incluir na lista um inglês apetitoso que aparece de repente? Resolvido. O que estou sentindo no momento é absolutamente normal, reconhecido por avós, mães, tias, madrinhas, maridos, namorados e todos os médicos do mundo: desejo de grávida. E os gemidos em pleno voo? Será? Quando gozo acordada, faço um escarcéu... ah, não, no avião é demais, tenho horror a esses micos. Férias, muda de canal, Amanda, nada melhor do que férias pra espantar as ruindades, Amsterdam deve ser lindo, tirando as intenções absurdas do Douglas. Puta que pariu! Será que alguém me viu sonhando? Tenho de manter a classe, executiva de multinacional, não é pouca coisa não. Nada que me impeça de um desalinho planejado, botão aberto acidentalmente pra reforçar o decote, a perna direita dobrada por cima da esquerda. Como estou de lado, a manta escorregando por acaso, a saia subindo um pouco, bem discreto, natural, suficiente pra ele ter uma noção privilegiada do que o aguarda — quer dizer, aguardará se rolar algo depois, sei que é improvável, mas... —, e eu me recompondo, cheia de cuidados, como uma Marilyn Monroe ao sabor do vento, só que sem me dar conta do vento, tipo filha virgem do estalajadeiro de um vilarejo florido no interior da França medieval distraída com seu decotão enquanto serve os viajantes suarentos, sedentos, gulosos, com paus enormes. Até que um ventinho sul ia bem agora, de preferência quente. Um secador ligado entre as pernas, é disso que estou precisando. Ir ao banheiro, isso, secar a spider e... guardar a calcinha na bolsa, continuar a viagem sem calcinha, ninguém notando, só eu e meu segredo despudorado. Ai que tesão! Não, não. Vai estampar na cara, algum rubor, suores, como esconder este fogaréu me torrando por dentro? Acho que consigo. Já disfarcei tanta coisa em tanta situação estranha. O avião está calminho agora. Bom ter todos os banheiros à minha disposição. Mais fácil, impossível. Calma, Amanda, tranca a porta direitinho. Boa menina. Agora tira pensando nele, como se fosse o inglês tesudo tirando, devagar, com carinho. Tão bom sentir a calcinha deslizando pelas pernas. Olha como estou arrepiada, hummm. Já que estamos aqui, um pipizinho protocolar... Alívio! Nem notei que estava precisando. Muito bem, Amanda, preparar para a secagem, bem lenta. Lenço de papel macio este, ai! Menos, Amanda, segura a onda. Um pouco de água no rosto, recompor o visual, preparar para o retorno, enrolar bem a calcinha na mão, sem vulgaridade... melhor esconder dentro da blusa. Até aqui tudo bem, muita classe nesta hora. Abro o compartimento de bagagem como quem não quer nada e deposito a underwear na bolsa de mão. Aventura gostosa esta, e sem risco, quer dizer, com risco mínimo, se não nem aventura seria. Devagar, Amanda, pega a bolsa com cuidado. Será que tem alguém olhando? Os poucos que não estão dormindo se distraem com filmes ou livros. Meu vizinho mudou de posição, mas continua dormindo profundamente, uma pedra, não imagina o vulcão que viaja ao seu lado. Momento final da operação, gestos leves são fundamentais. Calcinha bem embolada, sumindo na palma da mão, coreografia tai chi, Amanda, bem suave... pronto. Calcinha na bolsa. Uma brisa de frescor percorre meus pentelhos, ventos imaginários... Tantas viagens, por que não fiz isso antes? Nudez de mão única, só eu sei que estou sem nada por baixo, e é delicioso saber de coisas que ninguém mais sabe. Ai, que vontade de andar pelo corredor! O coroa lá de trás está olhando, vou devolver a bolsa ao bagageiro de costas pra ele. Pode admirar minhas formas sem medo de ser flagrado, velhote, depois sonhe com minha bunda, divirta-se. Ok, Amanda, the show is over. Senta logo, tudo normal, nada de atitudes suspeitas, aperta o cinto e sossega.

E se ele perguntar primeiro? Já fizemos um bom contato visual antes de o garoto pegar no sono, não duvido que ele saque mais rápido um fulminante "dormiu bem?". Aí é o nirvana, vitória incontestável da mulher brasileira sobre a nobreza saxônica — imagino o Galvão Bueno dizendo isso com impostação de Copa do Mundo. Se o neighbor perguntar, pode ser qualquer pergunta, estarei autorizada a ficar mais soltinha, fazer um trejeito moleque, talvez roçar minha mão na dele, jogar um beijo criança no ar, algo que pareça espontâneo, ingênuo, mas deixando um vestígio de dúvida. Faz tempo que não me sinto assim, caçando a chance de ser caçada, tão adolescente... Enquanto o baby não me transformar num barrigão cercado de inchaço por todos os lados, estou no jogo, gostosa, sedutora, muito mais do que Doug consegue enxergar. Doug, Doug, Doug de novo. Dá licença, ô inconveniente!, minha cabeça agora está ocupada com um amante em potencial, e eu não estou nem um pouco a fim de pensar em você.

Victor.

Faz um tempão, assim gigante, que eu não durmo direito. Tenho medo, sonho coisas horríveis. Aí fico o dia todo cansado, meio tonto, vendo estrelas fora de hora. Estrela é bom, mas deste jeito não. Cada um vê as estrelas que merece. Quem não tem estrela caça com vaga-lume. Caçar com estrela, com vaga-lume... gozado. Aquele rei antigo chamado Davi, ele tinha uma estrela só dele, era muuuiiiiito poderoso, a estrela de Davi aparece desenhada por todo lado, famosa mesmo, e fácil de desenhar. Outra superfamosa é a do Natal, que brilha em quase todo presépio, bem em cima da manjedoura, chamam de estrela-guia, porque dizem que levou os reis magos até lá. Estrelejar a vida é sempre bom, coalhar o céu do pensamento com ideiazinhas luminosas, não tem nada mais bonito.

Estrela fica bem em qualquer lugar: ombro de general, peito de xerife, camisa de time... gosto do Botafogo só por causa da estrela. Ser estrela é ter poder, meu pai dizia. Poder o quê? Isso eu nunca entendi direito.

Júlia.

O DIVÓRCIO DE DOUGLAS E VALÉRIA ACONTECEU MAIS rápido do que eu pensava. Arrancar um homem de sua família costuma ser trabalho penoso, mas Douglas não parecia estar sofrendo para romper os antigos laços. Lançava no ar maledicências gratuitas com a maior facilidade, como se, detonando a imagem dela, reforçasse seus argumentos pra deixá-la. Com o tempo descobri que a estratégia de maldi zer e difamar era mais comum nele do que se pode admitir numa cabeça saudável.

De Valéria, apaixonada como acho que ainda é, confesso que eu esperava mais resistência. Chorou rios de lágrimas, se descabelou toda, mas no fim das contas até cooperou. Provavelmente imaginava deixar uma porta aberta pro retorno do seu homem, contando que a aventura amorosa com o tempo perdesse o sabor da novidade.

Ludmila, na rebeldia de seus 12 anos, me odiava por ter lhe arranjado um pai depois de tanto tempo. Tinha ciúmes de mim e de alguma forma competia comigo, mesmo sem saber dos namorados que eu cultivava em número bem maior do que ela jamais terá.

Sempre me cuidei muito, irmã mais velha de minha filha, é o que dizem. Pra mim, as mulheres têm um dever estético a cumprir, e negligenciar isso é negar nossa missão prioritária. Existimos para embelezar o mundo, encantar os homens e desestabilizar as rivais. Esta convicção me aproximava bastante do trabalho de meu marido. Adorava experimentar os cremes produzidos pela empresa dele, me tornavam mais competitiva, uma delícia.

Dois anos depois de casada, engravidei. Outro golpe na Lud.

Como se não bastasse um novo pai, a notícia de uma indesejável irmãzinha acabava de vez com seu reinado. Ela soltava fogo dos olhos, e eu fazia de tudo pra evitar incêndios.

Douglas disfarçava seu incômodo, mas tava na cara o esforço que ele fazia. Bendita minha leitura de olhares. Só eu mesmo pra entender o que estava escrito ali. Poucos escapam ao talento de um mentiroso competente como ele.

E assim evoluiu minha segunda gravidez: menos transtornos físicos que da primeira vez, muito mais transtornos emocionais, em quantidade e intensidade. Preferia os enjoos.

O parto foi difícil. Cesariana, que eu não tô aqui pra ficar penando com as contrações e arrebentações daquilo que chamam "parto normal". Como é que alguém pode chamar de normal uma mulher berrando, fazendo força, suando, se estuporando toda, como se estivesse numa sessão de tortura? Mas, mesmo com a cesariana, foi difícil. Tive complicações pós-operatórias, ihhhhh, foi horrível, fiquei internada três dias. Catarina nasceu fraquinha, dois dias na incubadora. Ludmila visitou a gente no primeiro dia. Conheceu a irmã sem demonstrar maiores afetos. Tentou sorrir pra mim, não adiantou, estava infestada de mágoas e rancores adolescentes.

Quando Douglas chegou no hospital pra me buscar, notei algo diferente. Não me encarava como antes. No caminho, pouca conversa. Imaginei que estivesse cansado, ou por trabalhar muito, ou pelo stress da paternidade, ou... Os homens precisavam ser mães pra entender o que é stress de verdade, sabia?

Entramos em casa priorizando acomodar Catarina, como era de se esperar. Parecia um anjo em seu bercinho. E nenhum sinal de Ludmila. Trancada no quarto, se mantinha alheia a tudo. Bati na porta, atendeu friamente, como que buscando ocultar com frieza forçada algo que eu interpretei como vergonha.

Ela não quis jantar com a gente, preferiu se alimentar como de praxe, em seu bunker. Depois da sobremesa, chamei a emburrada pra assistir ao DVD com as cenas do parto, escurecemos a sala, ligamos os equipamentos e fingimos gostar daquelas imagens sanguinolentas. Sob a luz azulada que saía da TV, busquei os olhos de Lud e os encontrei direcionados ao meu marido, pela primeira vez em quase três anos de convívio. Notei que Douglas retribuía o olhar e cheguei a ensaiar um sorriso de celebração pelos sinais de paz que pensava testemunhar. Mas não eram sinais de paz, muito longe disso. Eram algo mais cúmplice do que devia ser. Senti um nó no estômago apertando depressa, e andei o mais rápido que pude em direção ao banheiro, onde devolvi meu jantar de boas-vindas inteirinho, garfadas voltando em golfadas. Não ficou nada, só aquele azedume nojento na boca.

Nos dias que se seguiram, não disse qualquer palavra sobre o que havia percebido. Nunca perguntei ou comentei nada a respeito. Faltou coragem e sobraram olhares. Havia culpa, constrangimento nos olhos de ambos. Não era ambiente para palavras. Perigosas demais àquela altura, poderiam trazer certezas indesejáveis.

Acabrunhei, passei a concentrar toda a atenção no meu bebê, minha sagrada reserva de inocência. Comecei a evitar Ludmila como ela me evitou por tanto tempo, tentando não ver nem a ninfeta em que havia se transformado, nem as revelações que brotavam na sua cara de sem-vergonha. Com Douglas, não podia ser diferente. Congelei meu afeto, meu tesão, meu tudo. Passamos a nos referir somente às banalidades do dia a dia, primeiro com frases curtas, depois monossilabicamente. De lacônicos, passamos a mudos.

Dois anos depois, havíamos nos distanciado tanto que nos tornamos estranhos. Douglas aumentou seu consumo de álcool, trazendo, com as bebedeiras, estúpidas cobranças de obrigações conjugais. Rechacei cada investida, como bêbados estranhos devem ser rechaçados. Até aquele dia em que ele foi mais insistente, me obrigando a empurrá-lo. Ele perguntou por quê, como já havia perguntado outras vezes, e eu respondi do mesmo jeito que das outras vezes: você sabe por quê. Foi aí que ele se descontrolou, dizendo não saber de nenhum porquê, que eu estava maluca, inventando pretextos pra me separar, que eu devia estar traindo ele com outro, talvez vários, provavelmente toda a vizinhança — olha que delírio —, tudo regado a torrentes de palavrões. Fiquei furiosa. Disse pra ele se calar imediatamente, que me respeitasse, e, quando eu ia dizer que não suportava mais viver daquele jeito, fui atingida pelo primeiro tapa, seguido de um segundo, e mais um chute, e um soco na cara que fez tudo rodar. Rasgou minhas roupas, arrancou minha calcinha, me estuprou na sala, sobre a mesa de jantar, enquanto de minha boca escorriam sangue e maldições.

Lembro nitidamente do banho que tomei depois, do quanto me esfreguei pra tirar de mim qualquer vestígio daquele covarde nojento. Abri o chuveiro ao máximo, deixei a água jorrar sobre o corpo, juntando a ela as lágrimas que me esguichavam dos olhos. Era um mais que banho, era um batismo. Queria me livrar do pecado de um dia ter escolhido aquele animal pra deitar na minha cama, me limpar dos restos de sêmen podre que me provocavam a mais estranha sensação de repulsa que senti em toda minha vida: autorrepugnância. Meus dedos atuavam como cerdas vasculhando todos os orifícios, esfregavam, esfregavam, esfregavam, e quanto mais espuma eu fazia mais buscava fazer. Gastei um sabonete inteiro e uma quantidade tão absurda de água que não sei como a caixa do prédio não secou. Depois, a toalha branca, nossa única toalha branca, com que me sequei e ressequei até que a pele ardesse.

Não sei exatamente quanto tempo se passou antes que a coceira se manifestasse, um punhado de minutos, acho que só isso, por mais longo que cada minuto parecesse. Começou quando me sentei na cama ainda gotejando o que me restava de lágrimas, seguiu no período em que, deitada, não conciliava o sono e, desde então, nunca mais deixou de me atormentar.

Douglas.

Não se bate em mulher, nem que seja com uma flor. Frase feita, mas que sempre levei a sério. Apesar disso, fui ameaçado por ela e pago até hoje para mantê-la em silêncio, logo ela que tirei de situação tão difícil, ingrata. Nem sempre vale a pena apostar na primeira impressão, foi o que aprendi, da pior maneira. Olhando para trás, desta posição privilegiada em que o futuro nos coloca, fica fácil enxergar o tamanho do erro. Mas, na época, casar com quem se comportava como garota de programa fazia todo o sentido. Que presença, que confiança, que poder de atração! Júlia tinha tudo pra ser profissional, custei a acreditar que não fosse, ainda custo a acreditar que não tenha sido.

No início, cliente, gostava de me sentir assim. Apenas um entre não sei quantos, fantasiava. Não podiam ser muitos, mulheres daquele naipe cobram caro. Júlia atendia bem a todas as expectativas, artigo de luxo, classuda, sexy, discreta em público, enlouquecida em privado. Uma dama da porta pra fora, uma cadela da porta pra dentro. No primeiro encontro, depois de me sugar todas as energias na cama, abocanhou meus lábios com fome de jejum impossível, agradecendo o gozo que lhe havia proporcionado. Recebi o elogio com reservas, todo mundo sabe que puta não goza, mas seus olhos revirados durante os gemidos, acrescidos daquela declaração salivante, caíram sobre mim com o peso de firma reconhecida.

Marcamos novos encontros, e mais outros, muitos outros, sem que ela me cobrasse nada além do meu tesão. Foi virando vício, facilitado pelo jeito insosso de Valéria. Um vício que, na minha inexaurível lógica, seria menos sofrido se eu me casasse com a droga. Dois proveitos no mesmo movimento: livrar-me de uma geladeira, ligar-me a uma fogueira. Substituir uma esposa clássica por uma fêmea fogosa, uma aprendiz cheia de não me toques por uma expert disposta a tudo. Parecia um ótimo negócio, e como rendeu: uma pensão com toda a força aumentativa que o ão lhe confere. Ai, minha cabeça! Que inferno! Já dá pra repetir os comprimidos, considerando o fim do jantar mais o tempinho que consegui dormir, mais o café da manhã, tempo de sobra... pouco menos de uma hora e voilà, Paris. Deneuve está radiante, nem parece que não dormiu. Vou tocar a campainha. Melhor, vou até lá pra ver minha petite de um ângulo mais favorável, pedir uma bebida que me ajude a empurrar o analgésico. Conhaque seria o ideal, mas a esta hora... Que venha o suco de caixinha, ou água que seja, só dois goles, não gosto de água de manhã, nem nunca, mas tudo bem, dizem que é saudável. O que seria a vida sem algo pra empurrar o que temos de engolir?

Ma petite, mon petit. Era assim que eu e Paula nos tratávamos. Começou quando visitamos as torres gêmeas do World Trade Center, e eu desandei a falar sobre Philippe Petit, de como o admirava, da ironia de seu nome, de sua obsessão por desafiar todos os obstáculos, realizar o mais alto de seus sonhos. Estender um cabo entre uma torre e outra, e arriscar a vida caminhando tranquilamente sobre aquele fiapo de metal é mais do que um show de equilibrismo, é um sensacional desequilíbrio. Falei algo assim, e Paula sorriu angelical.

Anjos, asas, voos, criaturas celestiais, monumentais. As torres pontudas das igrejas tentam arranhar o céu, com todos os anjos empurrando por dentro. Óbvio, nem por isso evidente.

Grandes corporações e nações se inspiram no mesmo conceito, buscam objetivo semelhante com suas catedrais do poder. Tower is power. Mas o poder muda de mãos muito fácil, basta o poderoso parar e os candidatos ao seu posto continuarem a subir. O poder é de quem chega mais alto, e se mantém lá. É de quem antecipa os movimentos dos Laurents da vida, e os bloqueia.

O WTC conquistado por Petit nunca teve o charme de um Empire State, nem mesmo de um Chrysler Building. Não era sólido nem pontudo como seus dois concorrentes nova-iorquinos. A ponta faz diferença, o WTC jamais seria um bom pedestal pro King Kong. Desabou tão fácil, pino de boliche atropelado por aviões, quem podia imaginar aquilo?

Nos anos 30, o poder tinha mais base, adoro ver filmes sobre essa época, ascensão com A maiúsculo. Estados Unidos liderando economia, cultura, todos os rankings, e empolgando o planeta com seus gigantes de concreto e metal, era o poder em seu estado mais sólido.

A história do poder contada pela altura dos edifícios dava um livro. Burj Dubai, pontudíssimo, nos Emirados Árabes, outros imensos em Taiwan, Xangai, Kuala Lumpur... Os olhinhos puxados nas nuvens, se sentindo o máximo, enquanto seus arranha-céus impressionam quem os visita. Obeliscos, hipermega-obeliscos, erigidos em homenagem ao que adoramos em nós mesmos.

Desde a Torre de Babel é assim. Os construtores ambicionavam chegar ao céu, virar referência para a humanidade, e conseguiram. Não exatamente a referência que buscavam ser, Neils Armstrongs do paraíso, mas pelo menos sua torre se eternizou de alguma forma: como símbolo do desencontro entre os homens, todos falando, ninguém se entendendo.

Raça estranha a nossa, louca por desafios, encantada por riscos. No alto do Sears Towers, uma protuberância de vidro para as pessoas enfrentarem seu medo. No Grand Canyon, passarela de vidro, no Eureka Tower, cubo de vidro, passear sobre o quase nada a 91 andares de altura. A vida é vidro, quebra fácil, tem que saber pisar, subir no ritmo certo. Todos querem chegar no topo, mesmo sabendo que o topo é estreito, vulnerável, arriscado. Todos querem ser Phillippe Petit.

Quando bebemos muito, altos. Quando nos drogamos, high. Não é por acaso. O poder embriaga, como a mistura de uísque, vodca, vinho e conhaque que entornei há pouco. Embriaguez é instabilidade, possibilidade de queda, montanha-russa. Flerto com todos os vícios, mas só mantenho relação estável com o álcool, que é mais gostoso, socialmente apreciado e, de uma certa forma, até alimenta. Fumar, cheirar e injetar carecem de charme, além de serem hábitos dominadores demais, e se tem coisa de que eu não abro mão é que seja eu o único a dominar.

Se não estivesse no ramo dos cosméticos, poderia muito bem estar no de alucinógenos. As duas mais sedutoras forças da humanidade: vaidade e embriaguez. O sentir-se belo aliado ao fugir da realidade, juntos, usando os mesmos equipamentos e os mesmos pesquisadores que já trabalham sob meu comando. Loucura. Multiplicariam meus rendimentos não declaráveis e potencializariam minhas possibilidades de catástrofe. Mas seria lindo. Crescei e multiplicai-vos. As empresas seguem essa ordem divina ao pé da letra e que se dane o mundo. Crescer sempre, ano após ano, 10, 20, 30 por cento, quanto mais, melhor, mesmo que não haja espaço nem pra guardar o lixo que produzimos. Crescei ou morrei, esta é a ordem que vale. Crescei até morrer de tanto crescimento.

Não fossem as ONGs ambientalistas, tudo seriam flores, de plástico, mas flores. O simples projeto de instalar uma unidade da empresa na floresta amazônica inaugura o apocalipse para esse bando de fanáticos. Decisão econômica, dentro da lei, atendendo ao convite dos incentivos fiscais que o governo só dá quando interessa ao desenvolvimento — ou do país ou da conta bancária dos políticos, que diferença faz? — mas os pentelhos não querem nem saber da minha legalidade, só querem protestar.

A matriz vive em estado de alerta, natural. Pega muito mal ser tachado de antiecológico nos dias de hoje, quase tão mal quanto não aumentar os lucros, isso sim, imperdoável. E eu, atento a essa tensão permanente, produzo relatórios-valium, tranquilizando a estrangeirada, o que considero minha principal missão na empresa. De vez em quando, forneço algum fato especial devidamente negociado com entidades de classe que se vendem a preços bem acessíveis. O prêmio do ano retrasado simplesmente catapultou nossa imagem e autoestima: Empresa Amiga da Natureza. Nunca recebi tantos e-mails de congratulações.

Guilherme.

Conheço muitas histórias de Douglas, umas por testemunhar, outras por ouvir contar, inclusive algumas narradas pelo próprio. Tremo na base por brincar com fogo desse jeito, mas não tenho alternativa. Quanto mais me esquivo, mais ele me puxa pra perto, talvez me identificando como um dos seus, puta merda. Sou pequeno demais na hierarquia pra ter o presidente tão próximo, e minhas posições pessoais ficam exatamente do lado oposto às dele. Já me chamou pra beber três vezes em esticadas no escritório, assim, sem mais nem menos, coincidência ou não, sempre quando Amanda está distante. E quando bebe, perigo à vista, o chefe se revela.

Falou uma vez de um figurão de Brasília, deputado federal muito influente na Amazônia. Não entrou em detalhes, mas fez alusões veladas ao papel do tal sujeito no processo de aprovação da nova unidade da empresa. Deve ser coisa cabeluda, nem o álcool liberou a informação completa. Seja o que for, o cara, segundo a descrição, é desses que podem muito, inebriado pelo poder, desabituado a ouvir a palavra "não". Haviam viajado juntos a Manaus para ajustar algumas tramitações — Douglas sorriu de um jeito maquiavélico quando disse "tramitações" — e, retornando do jantar comemorativo do bom andamento dos trâmites, foi surpreendido pelo convite do anfitrião para uma festa especial na suíte presidencial do hotel, o melhor da cidade, onde ambos estavam hospedados. "Gostei de você", teria declarado o político. "Passe na minha suíte por volta de meia-noite, que teremos uma festa à altura do grande negócio que estamos fechando."

Douglas garantiu que não tinha nenhuma noção do que seria aquela festa. Descansou um pouco depois do jantar, tomou novo banho pra espantar o calor, vestiu-se elegantemente, como de praxe, e subiu à suíte do deputado.

Lá encontrou empresários e autoridades locais, todos alojados no mesmo hotel, bebida à vontade, fartura de tira-gostos, e crianças. Quando mencionou as crianças, devo ter alterado meu olhar significativamente, porque ele fez questão de repetir "crianças", dessa vez empacotando a palavra com uma expressão facial de espanto, que de certo modo alinhavava nossas emoções.

O anfitrião o recebeu efusivamente — retomou a narrativa —, apresentando-o de imediato às figuras proeminentes, não mais que meia dúzia de homens com aparência de dinheiro no lugar errado. Douglas classifica assim as pessoas que se adornam com peças caras, mas de gosto duvidoso, assim como os ricos de pele oleosa, cabelo mal resolvido, modos pouco refinados, sinais de vulgaridade em geral. Terminadas as apresentações, o deputado dirigiu um gesto largo ao grupo que classificava como as "Meninas da Fazendinha", beneficiadas por um programa de assistência social mantido por verbas públicas e privadas. Eram dez meninas entre 11 e 13 anos, umas com o peito reto, outras com os seios dando os primeiros sinais de formação, vestidas como se estivessem numa inocente festinha de aniversário. Elevando a voz, o deputado rendeu-se ao vício profissional, assumindo o tom de discurso, conforme Douglas fez questão de frisar e imitar.

"São todas pertencentes a famílias que nos devem muito. Bem alimentadas, saúde e dentes bem-cuidados, estudam em boas escolas com o material escolar pago por nós, enfim, têm uma vida digna, graças ao trabalho que desenvolvemos na Fazendinha, e seus pais se orgulham delas. Aliás, fazem questão de que elas estejam aqui hoje para, dentro de suas possibilidades, demonstrar sua gratidão pelo que temos feito por essas famílias", teria explicado o deputado, fazendo uma pequena pausa para retomar num estilo quase pastoral, que Douglas replicou com maestria. "Cada uma dessas meninas recebeu cinquenta reais para estar aqui hoje, o que para elas é um dinheirão, mas elas ainda contam com a generosidade dos senhores, meus convidados especiais, para receber mais cinquenta, totalizando uma importância que realmente faz diferença no orçamento de suas famílias. São excelentes filhas que se empenham para ajudar em casa, verdadeiros exemplos para nossa sociedade." Nesse ponto, dirigiu-lhes um olhar paternal, retribuído com sorrisos tímidos. "Parabéns, meninas, por estarem ajudando papai, mamãe e seus irmãozinhos. Os senhores aqui presentes são pessoas distintas, cujos desejos vocês podem realizar sem medo, porque homens melhores do que estes eu garanto que vocês nunca vão encontrar por esta vida cheia de gente ruim." Os convidados aplaudiram, as meninas pareciam realmente emocionadas. "Agora, comam e bebam à vontade e, quando quiserem conversar mais amiúde com nossas queridas meninas, é só levá-las até seus quartos para poderem ficar à vontade. São todas virgens, olha que pureza! Não esqueçam o privilégio que estão tendo de se aproximar desses verdadeiros anjinhos, assim como peço a gentileza de não esquecerem a contribuição de cinquenta reais para nosso trabalho social, em dinheiro vivo, por favor, que pode ser entregue às próprias meninas depois que terminarem a conversa. Ah, sim! E, quando a conversa terminar, é só ligar pra recepção do hotel e dizer "Fazendinha", que eles mandam alguém buscar essas preciosidades e as levam de volta para casa. É, isso aí, gente, vamos festejar e aproveitar ao máximo, que a noite promete!"

Uma mulher adulta monitorava as meninas, incentivando-as a se aproximar dos convidados. Douglas a descreveu como um misto de inspetora disciplinar de escola pública, recepcionista de convenções de vendas, treinadora de modelos e cafetina, com a habitual ironia que dele jorra ao descrever as pessoas. Segundo disse, a tal mulher era ouvida atentamente e respeitada, mais na condição de cúmplice do que de superiora hierárquica. Como havia mais meninas que homens, quem não seguisse as instruções da monitora corria o risco de ficar sem a segunda parcela de cinquenta reais, situação impensável para aquele aglomerado de carentes. Ao pronunciar certas palavras, um leve esgar em sua boca denuncia uma indefinível sensação de desprezo. "Carentes" é uma dessas palavras.

Douglas disse ter-se refugiado numa garrafa de uísque — sua trincheira predileta —, um tanto embaraçado com a situação, sem querer demonstrar o estado de choque em que se encontrava e, ao mesmo tempo, evitando a impressão de estar fazendo desfeita aos petiscos oferecidos pelo anfitrião. Todos buscavam no álcool um reforço de coragem para iniciar a colheita, enquanto revoavam ao seu redor aquelas pequenas mariposas dispostas a tudo para embolsar mais um dinheirinho.

Uma das mais jovens, identificada como Lucélia, Lucília, algo assim, aproximou-se de Douglas, que, aboletado num sofá, se encharcava de Ballantines. "Posso sentar aqui, tio?" Douglas consentiu, meio atordoado pelo "tio", e ela sentou-se em seu colo. Imediatamente recostou-se sobre seu peito, deixando-o preocupado, entre outras coisas, com a transferência do perfume de camelô que a menina usava para sua camisa de seda, acostumada a essências parisienses. Pediu ao "tio" um gole de uísque, peremptoriamente negado sob a alegação de sua menoridade. "Beber não posso, mas trepar posso, né?" "Do que você está falando, menina?" "Nada, esquece. Seu bilau é grande?" A pergunta, como se não bastante surpreendente, foi acompanhada de um movimento de quadris que duplicou o fator surpresa.

Douglas relatou um constrangimento tão grande que até eu comecei a transpirar. Olhou em volta, perscrutando o que se passava na suíte, viu beijos de língua e mãos penetrando em regiões proibidas, viu dois convidados que já se retiravam com suas miniacompanhantes para os quartos e apavorou-se quando uma ereção autômata, involuntária e cem por cento inconveniente começou a contrariar sua consciência. Foi a primeira vez que vi Douglas falando de consciência.

A partir desse ponto, fica difícil reproduzir a narrativa com os detalhes que o talento do chefe para contar histórias faz ficarem vívidos como que acontecendo ali mesmo, diante do ouvinte embasbacado: eu. Passou a descrever os momentos em que desceu com a menina para seu apartamento, as perguntas indecorosas que lhe foram feitas com a naturalidade de quem pergunta o preço da jujuba, o despudor da criança ao se livrar das roupas antes que ele conseguisse encadear as palavras para escapar daquele insólito enredo... Até que, no clímax da tensão, Douglas tomou mais um gole do martíni que regava nossa conversa e iniciou uma espécie de confissão:

"Olhando para aquela criança com olhinhos amendoados, desprotegida como uma indígena, nua como um anjo, senti vergonha e desejo. Na verdade, vergonha pelo desejo que sentia. Era um desejo de poder, viver uma experiência inédita, proibida. Eu podia tudo. Bastava me despir também.

Ela estava ali para isso, se decepcionaria se a coisa não acontecesse.

Que futuro aguardava aquela menina? Não fosse eu a desvirginá-la, seria algum brutamontes sujo de sua comunidade carente, ou o padrasto, talvez o próprio pai; pode-se esperar tudo desse tipo de gente. Dificilmente, sua primeira relação sexual seria romântica, gentil. O mais provável era um estupro doloroso com saldo de doenças venéreas, gravidez precoce, sabe-se lá o quê. Comecei a racionalizar a situação e concluí que havia uma convergência de interesses naquele quarto de hotel: eu buscando uma experiência nova, ela buscando um contato mais íntimo com a civilização. E, em vez dos míseros cinquenta reais esperados, que significavam uma fortuna para a pobre criança, eu poderia aumentar a previsão orçamentária, dar-lhe mais dinheiro do que esperava, tornando aquela uma vivência quase que de Cinderela para a menina, muito além de seus melhores sonhos, e acrescentando ao meu gesto um caráter mais humanitário, solidário, de responsabilidade social, como dizemos na empresa."

Comecei a sentir um embrulho no estômago. Não conseguia acreditar no que estava ouvindo, e certamente o repúdio se estampou em minha cara. Gargalhada viking, nova surpresa:

"Que cara é essa, garoto? Vai dizer que está levando a sério essa história? Você tem mesmo muito que aprender, seu assistente de merda. Acabou de tomar pau no teste. Então acha que eu seria capaz de acreditar nessas barbaridades que acabei de dizer. Olhe bem pra mim. Tenho muitos defeitos, mais do que consigo contar, mas pedófilo não, isso não! Se tem coisa que respeito neste mundo é velho e criança. Nunca, mas nunca encostei um dedo em mulher que não fosse adulta e não quisesse ser tocada, ouviu bem?"

O volume, que já estava tão elevado quanto o teor alcoólico, subiu mais ainda. Após uma breve pausa para tomar fôlego, ele mudou de direção, trazendo à pauta um episódio mal resolvido em um de seus casamentos.

"Só a piranha da Júlia me imaginaria fazendo sexo com uma criança. A desgraçada cismou que eu e a filha dela... Confesso que a menina era bem interessante, sim, isso ninguém pode negar. Tinha um corpinho de enlouquecer e um olhar pra lá de safado. Mas eu sou um homem de princípios, jamais daria em cima da filha de minha mulher, ainda que ela desse mole para mim, e esse era o caso: eu — homem mais velho, charmoso, experiente; ela — adolescente cheia de curiosidade, inquietação, rebeldia; nós dois sozinhos dentro de casa, dormindo em quartos muito próximos, com o agravante de a menina andar pra cima e pra baixo com um baby-doll de enfartar atleta... Aguentei firme como uma rocha. Apenas a convidei para tomarmos uns drinques inocentes, em comemoração ao nascimento da irmãzinha, e também buscando uma trégua nas hostilidades que ela me dirigia o tempo todo. O que é que tem? Só isso, uma tentativa de aproximação sem malícia, cachimbo da paz. Meu único erro, se é que errei, foi oferecer bebida a uma menor de idade. Mas estávamos em casa, que diabos, e nem bebemos tanto assim. O mais importante é que a estratégia funcionou: a danada quebrou o gelo, amansou pro meu lado, ficou toda simpática, enquanto a mãe, aquela desvairada, decidiu azedar de vez, fugir como um cão assustado, rosnar como um cão danado... Cadela, negar a mim, seu marido, o que me devia como esposa. Me devia, sim, devia muito."

Abrandou um pouco a voz, tornando-se ainda mais ameaçador do que antes.

"Escuta aqui, Guilhermezinho-recém-saído-da-fralda, não se pode julgar as pessoas nem pelo que aparentam nem pelo que dizem, tá me ouvindo? Palavras não são nada sem o contexto e sem o tom. Isso mesmo, o tom. Se você não percebeu minha ironia durante a história que eu contava, você não está qualificado para trabalhar numa empresa como a nossa. Na melhor das hipóteses, nunca vai crescer dentro da LSB, nunca vai ser promovido a porra nenhuma, vai passar o resto da vida sendo assistente, o que no seu caso já é muito. Trate de desenvolver sua sensibilidade, moleque, sua percepção multilateral, que é disso que se trata quando a gente quer evoluir na carreira. Guarde bem o que eu estou dizendo agora, cada palavra e, especialmente, o tom. Entendeu bem? O tom."

Disse "o tom" como uma martelada, que me fez piscar. E ingressou em outra parte da sinfonia, agora confidente, quase suave, senhor de si.

"O que aconteceu naquele dia em Manaus foi que coloquei a menina pra dormir num sofazinho que havia na entrada do apartamento. De manhã, pedi um café bem farto pra nós dois, dei-lhe cem reais e chamei a recepção pra que a levassem de volta. Nada além disso, porque foi isso o que me pareceu mais apropriado, mais digno, mais tranquilizador comigo mesmo, e mais garantidor de manter a boa relação que eu havia construído com meu contato político. Não podia simplesmente transparecer o nojo que aquela situação me provocava. Estou sendo claro? Sempre se dá um jeito de combinar o interesse profissional com a consciência pessoal. Eu tenho uma consciência, embora muitos não a enxerguem. E ela, de vez em quando, me traz dores de cabeça insuportáveis. Me comoveu o olharzinho agradecido dela. Fique sabendo que me emocionei, chegando a chorar um pouco depois que a menina foi embora. Foram só cem reais de gorjeta, cento e cinquenta contando com a taxa cobrada inicialmente, uma mixaria.

E esse seu olhar perplexo também está me comovendo, seu babaca!"

Voltou a soltar a gargalhada inicial, só que mais alta ainda, passando de viking ao que imagino ser o estágio Lúcifer. Parecia outra pessoa, mais íntimo do que nunca, se é que não voltei a me enganar em relação ao tal do tom, que ele tanto frisou. Quando se referiu ao meu olhar, sua voz estava especialmente pastosa, embaçada de vez pelo álcool, e seus olhos eram um festival de veias vermelhas.

Não foram essas exatamente as palavras que ele usou. Impossível decorar todo aquele texto, pela extensão e pelo efeito perturbador que provocou em mim. Mas o conteúdo, inesquecível, estou certo de tê-lo reproduzido com absoluta fidelidade. Tão certo quanto estou até hoje na incerteza sobre em que parte da história acreditar: na do despudorado que iniciou a narrativa, ou na do consciencioso que a encerrou com os brios feridos.

Terminado o pronunciamento presidencial, ainda com o adjetivo final ecoando em meus ouvidos (babaca, aca, aca, aca...), Douglas aproximou-se um pouco mais, colocando a mão sobre minha coxa esquerda, massageou-a levemente e chegou o rosto tão perto que o bafo do martíni me invadiu as narinas com inesperada violência. Recuei instintivamente, fugindo do cheiro e de quem o emanava, sem saber ao certo na presença de quem me encontrava naquele instante — Jekyll ou Hyde? —, na verdade, temendo ser beijado por aquele bêbado autoritário sem limites. Douglas, com a sensibilidade aparentemente aguçada pelo álcool, percebeu. Sorriu mais malicioso do que nunca e sussurrou, sílaba por sílaba, ba-ba-ca.

Amanda.

Minha segunda passagem por Madri, falta pouco. Da outra vez, fiquei três dias. Depois, Barcelona e, de lá, giro pela Europa. Eram só férias, nenhuma reunião envolvida, delícia. Lembro que o aeroporto na época me impressionou mal, soube que foi reformado e ficou lindo. Aeroportos interferem radicalmente na impressão causada por uma cidade, a primeira impressão é a que pousa. Fiquei com a imagem de duas irmãs: Madri, mais velha, conservadora, com uma vontade latente de ser feliz que se manifesta mais à noite do que durante o dia, e Barcelona, vibrante o tempo todo, independente nas formas, desaforada nas cores, falando outra língua.

Cidades têm cheiros e gostos. De Madri ficou o sabor salgadinho do pata negra, não há presunto como aquele. Sabor ligado particularmente a dois restaurantes: um perto da Plaza Mayor, antigo esconderijo de um famoso ladrão (se não me engano, Luís Candelas era o nome do ladrão, mas não lembro o nome do restaurante), e o outro, todo chique, instalado onde antes havia uma histórica e charmosíssima capela. Duas antiguidades, com passados tão diferentes e um presente tão parecido. Bendita a cidade onde os bandidos são homenageados à mesa, e onde se pode comer rezando.

Adoraria voltar a esses dois restaurantes, reviver o clima subterrâneo dos que têm muito a esconder e o clima ascético dos que têm muito a confessar. Só uma noite, pena, tempo nenhum. Se for pra voltar a um deles, acho que fico com o bandido. Talvez não, quem sabe tentar outra descoberta? Se o voo não tivesse atrasado tanto... Catar as malas, disparar pro hotel, um minigiro pela cidade, jantar e *puff*, cair no sono. A não ser que algo, tipo meu vizinho de poltrona, resolva interferir. Vai que ele está na mesma situação e precisa pernoitar, vai que hoje é meu dia de sorte e ele fica perdido e abandonado nesta cidade tão estranha aos hábitos londrinos. Aí pode ser minha chance de decolar sem avião. Hummmm, viajar sem roupa de baixo deve liberar os pensamentos. Estou tão devassinha...

Sem essa de remorso, Amanda. Sonhar barbaridades, já sonhou, e sonho não tem censura. Pensar, que mal faz? Sonhar e pensar são primos, ambos praticamente involuntários, nenhum parentesco com a família do trair. Nas aulas de catecismo, a professora falava de pecados por pensamentos, palavras, atos e omissões. Atos, ok. Omissões, pode ser. Palavras, dependendo da situação... Mas pensamentos? Quem consegue controlar o que pensa? Nasce na cabeça, morre na cabeça, ninguém vê, ninguém sabe, ninguém sente, ninguém é prejudicado e, além do mais, pensar é o maior exercício de liberdade que o ser humano pode praticar. Nada de censura, nada de bloqueio, nada de nada, portanto, nada de pecado. Até agora, não traí, não sacaneei... apenas me desvencilhei da roupa íntima, problema meu, de mais ninguém. E mesmo que venha a cometer algum ato gostoso com meu vizinho de poltrona, será fora da jurisdição de Douglas, não só da jurisdição geográfica, que já seria uma bela desculpa. Não é ele quem diz "o que não se vê, não existe"? Pois é. Avião é território neutro. Na Espanha, nunca estive com Douglas, nenhuma história, nenhuma lembrança em comum, nosso casamento fajuto de Las Vegas nem é reconhecido por lá, ou seja, solteiríssima, de fato e de direito. Mas a grande justificativa é ideológica. Com Doug, minha viagem existencial é business. Com o inglesinho, seria puro lazer, férias conjugais, nada a ver uma coisa com a outra. Só estou me divertindo um pouco, não vou tirar pedaço nem continuar encontrando o cara. Pode seguir ouvindo seu earphone, Douglinho querido, ver um filminho, tomar uns drinques, todos os que conseguir entornar, aproveitar ao máximo a primeira classe do seu voo. Aconteça o que acontecer em Madri, você não será coroado com um par de chifres, pelo menos não no sentido que define a situação no meu código de conduta. Aliás, considerando o que já rolou com Guilherme e com... deixa pra lá... aí, sim, há controvérsias. Mas quer saber? Não me arrependo. Foi louco, foi sem pensar, mas foi natural, verdadeiro, espontâneo, o tesão certo, na hora certa, com o homem deliciosamente incerto. Guilherme é tudo o que Doug não é: doce, emocional, simpático... e, ainda assim, estranhamente parecido com ele. Duas faces da mesma moeda.

Meu inglês, nem aí pro fim do mundo, continua sleeping like a baby. Não sei como alguém consegue dormir bem em avião, deve ter tomado algum remédio. Quando eu era teenager, acreditava que olhando insistentemente para uma pessoa, mesmo que ela estivesse de costas, a gente acabaria chamando sua atenção, e a pessoa olharia de volta. Na escola, eu e minhas colegas tínhamos uma explicação, ou desculpa, científica pra isso: dizíamos que nossa energia era transportada pelo olhar, e o alvo do olhar acabava fisicamente incomodado pela descarga energética que despejávamos sobre ele. Mais uma de nossas teses parapsicológicas, parente do copo que nos conectava aos espíritos. Verdade ou não, aquilo acrescentava muita adrenalina aos tempos de adolescência, assim como Papai Noel havia acrescentado mágica aos natais de nossa infância. Usei a técnica algumas vezes, e independentemente do aval da ciência, o fato é que a coisa funcionou. Existe um traço de telepatia nessa história, e em telepatia eu acredito até hoje. Emitimos ondas, isso é certo. Nosso cérebro compete com celulares, rádios, TVs, redes wi-fi, todos os geradores de informações que circulam pelo ar, atuando ao mesmo tempo como transmissor e antena. Portanto, não custa nada mandar umas ondinhas pro pretty boy aí do lado. Até porque ficar com o olho grudado nesse rosto bonito não é nenhum sacrifício, muito pelo contrário, com a vantagem de me transportar de volta aos anos de travessuras escolares. Primeiro, uma panorâmica pra conferir se nenhum outro passageiro me observa, a reputação sempre tem prioridade. Território livre, todos apagadinhos. Vamos lá, menino, look at me — que coisa boba, Amanda, essa gravidez te deixou bem lesada mesmo. Chega de moleza, look into my eyes ou, pelo menos, dream... Ai, se mexeu. Abriu o olho, a luz da minha poltrona, franziu a testa, deve incomodar, parece tonto, tirou uma remelinha dos olhos, bonitinho, olhou pra mim, sorriu. Que calor tá fazendo aqui dentro! Hora de perguntar se dormiu bem. Preciso tirar o travesseiro da garganta, sempre amanheço com uma voz horrível. Virar o rosto pro outro lado, pigarrear discretamente...

"Did you sleep well?" Merda!, soou estranho. Devia ter ido ao toalete, feito um gargarejo... "Yes", ele respondeu, e devolveu a pergunta, muito simpático. Sintonizamos. Meu sorriso veio mais forte do que o planejado, uma golfada de alegria tímida, pareço uma meninota descontrolada, que vergonha! que delícia! "So, so... I never sleep well in airplanes." Pronto, já estou revelando meu problema de sono, falar um pouco de mim, pingar umas gotinhas do meu jeito de ser na retina dele, abertura de porta pra uma conversa mais íntima, quem sabe? Daí pra emendar no assunto do pernoite, desviar para a expectativa de uma boa cama de hotel e assuntos do gênero, não deve ser tão complicado assim.

Droga! Turbulência. Nem bem acendeu o aviso de apertar cintos e já começou a sacudir. Morro de medo. E não consigo conversar, nem mesmo pensar direito, quando algo mais grave, como a possibilidade de mergulhar com o avião no meio do oceano, ocupa minha cabeça. Falta só um restinho de Atlântico pra atravessar, precisava balançar logo agora? Turbulência sobre o mar assusta mais, prefiro balançar no céu sabendo que tem terra firme lá embaixo. Não sei se é mais seguro, mas o efeito psicológico é bem mais favorável. Quando o avião não está se comportando bem, saber que algum aeroporto pode nos amparar em eventuais pousos de emergência sempre ajuda. Ai! Essa despencada me lembrou as montanhas-russas do Busch Gardens, só que lá eu estava de calcinha. Nossa!, peguei na mão dele. Não acredito que fiz isso. Agora, segura firme, Amanda. O mais difícil você já fez.

Júlia.

Um olhar. Não precisei de mais nada pra entender o que se passou. Seria pouco? Julgamento precipitado? Posso ter me enganado, claro que posso. Seria a primeira vez, mas errar é humano, não tenho como negar essa possibilidade. Aliás, adoraria ter me enganado, só que não tenho como ignorar o currículo de um instinto, pelo menos até hoje, infalível. Olhares se avaliam pela dilatação da pupila, pelo brilho diferenciado e pela inclinação do rosto, o ângulo revela muito sobre o conteúdo, mas é a combinação, o balanço de todos esses elementos, observado com a necessária atenção, que traz à tona as realidades mais ocultas. Como renegar o dom especial que sempre me encheu de orgulho? Orgulho, pode ter sido isso, orgulho combinado com algo que lá no fundo me assustava havia muito tempo, orgulho misturado com cisma, com intuição, pronto, de volta à minha sobrenaturalidade, a leitura de olhares ao longo da minha vida, formando um texto em retalhos, pacientemente costurado. Pois esse texto culminou com as palavras lidas em meu retorno da maternidade, palavras que já habitavam minha cabeça e que eu rezava pra não confirmar, mas que de repente saltaram na minha frente, indecorosas, pornográficas, insuportáveis.

Não era apenas outra mulher, uma amante como eu também já fui tantas vezes, isso a gente supera, faz parte do jogo. Era minha filha, menina ainda, mal começando a ganhar corpo, linda, sedutora, parecida comigo, era ela, recém-exposta aos impulsos hormonais, recém-iniciada nas rotinas menstruais, dentro da minha casa, praticando... atos... nem quero pensar que atos... com o homem que fez em mim o bebê que eu trazia nos braços. Minha filha adolescente, meu marido inconsequente com seus belos olhos azuis, um olhar de cada um, primeiro convergentes, depois desviantes, mal disfarçando a culpa que piscava neles como letreiro de cabaré. Olhar fulminante, cano duplo, mão dupla. Liquidou tudo o que eu sentia por Lud e Doug, de uma só vez, tudo o que eu mais amava, tudo, menos Catarina, doce anjo inocente, minha reserva de pureza. Fiquei frígida, rígida, ríspida, congelei os afetos. Douglas se isolou, se refugiou ainda mais na bebida, virou um objeto decorativo de mau gosto, cheirando a álcool. Ludmila, que já era problemática havia alguns anos, foi se afastando cada vez mais até que eu a perdesse de vista. Esperei em vão que algum deles tomasse a iniciativa de, pelo menos, tentar explicar, talvez relatando que não chegaram a intimidades mais graves, talvez mentindo caridosamente, jurando por tudo o que é mais sagrado que eu estava delirando, ou pedindo um perdão que eu jamais concederia. Esperei a cada amanhecer que o novo dia me provasse que eu estava errada, que tudo não havia passado de um terrível mal-entendido. Esperava qualquer coisa, menos aquilo. Não me conformo que tenha acontecido, muito menos daquele jeito animalesco. Arrombamento bêbado, mão pesada na cara, pé na perna, costela, peito, onde pegasse, penetração dolorosa, ardências inflamadas, seio inchado por vários dias, nariz quebrado, lábios cortados, filete de sangue coagulado escorrendo pelo queixo, final perfeito pra um enredo sem escrúpulos. Exame de corpo de delito, delegacia, ameaça, advogado, logo eu que tenho pavor de polícia. Mas fui lá, fazer o quê? E descobri que Douglas compartilha o mesmo pavor.

Doeu na alma pisada, no ânus rasgado, no peito humilhado, no rosto vexado. Doeu. Mas nem o cacete endurecido mais pela raiva que pelo tesão, nem os tapas, socos e pontapés, nem nenhuma violência que Douglas tenha cometido ou esquecido de cometer, nada poderia doer mais do que aquele olhar cúmplice, moleque, entre os dois, maldito olhar, que demoliu meu restinho de fé na possibilidade de um relacionamento decente.

Valéria.

UM TIRO. BASTOU UM SÓ PARA DEVASTAR MINHA VIDA. Dois filhos e um marido, toda a minha família — só se salvou o Fred — liquidada pela miserável bala que Douglas deixou naquela máquina de morte. Nunca deveria ter sido largada ao alcance dos meninos, não daquele jeito, como ele pôde...? Quanta irresponsabilidade, meu Deus! E quanta insensibilidade depois da desgraça acontecida. Não sei o que é maior, a irresponsabilidade ou a insensibilidade daquele homem em que se transformou meu marido, era outra pessoa, não o rapaz equilibrado e sensato com quem me casei.

O som de um tiro dentro de casa fica ricocheteando eternamente nas paredes, instalado na cabeça como se fosse a própria bala a perfurar nossas lembranças. Tantos anos passados, e ainda ecoa forte, passou a morar dentro de mim, junto com o choro apavorado do Vitinho, o choro mais alto que ouvi até hoje, e meus próprios gritos, também os ouço como se continuasse gritando até agora. Cada vez que penso nisso, revejo a cena completa: minhas amigas compartilhando meu pânico e buscando algum resíduo de autocontrole pra me consolar e tomar providências que não fossem apenas gritar por socorro junto comigo. Tanta histeria, meu Deus, contrastando com o silêncio do Huguinho, alheio a tudo, indiferente ao meu abraço, às minhas tentativas desesperadas de acordá-lo, como costumava fazer todas as manhãs antes de levá-lo à escola, meu lindo e sorridente Huguinho, sem qualquer reação, pálido, cor de cera, irreversivelmente inerte em sua poça de sangue.

Na mesa de cabeceira, atrás do corpinho caído, havia uma foto dos três, continua no mesmo lugar, com o mesmo porta-retratos, o Fred sentado no meio, todos vestidos igualzinho e dando uma risada gostosa por estarem vestidos daquele jeito, o Fred especialmente orgulhoso por usar uma roupa igual à dos irmãos mais velhos. De alguma forma, ele também foi atingido, ele, eu, quem pode escapar a um tiro daqueles? Até o Douglas, com toda sua frieza, aquilo é só disfarce, deve se remoer dia e noite, sonhar sonhos quase tão horríveis quanto os meus, aumentar as doses de álcool pra embotar a mente, chego a sentir pena dele, muita pena mesmo por mais ridículo que pareça, não consigo ser de outro jeito. Já passei pela raiva, o pesar, o desprezo, às vezes todos eles vêm juntos regurgitados por ralos e esgotos que não controlo, mas o que predomina hoje é a pena.

O homem com quem me casei não era mau, foi um namorado gentil, envolvente, às vezes até romântico. Sei que sou boba por pensar dessa maneira, mas no fundo ainda sinto alguma coisa por ele, até me envergonho de sentir, depois de tanta coisa, tanto sofrimento que nos causou... Acho que amor de verdade é assim, muda, esmorece, míngua, decepciona, mas não morre nunca. Ah, como eu amei meu marido! Tanto que, depois que nos separamos, nunca mais tive outro, tanto que não consigo chamá-lo de ex, tanto que, se ele aparecesse de novo naquela porta — que vergonha, meu Deus! —, eu acho que me atirava em seus braços.

Ficar sozinha em qualquer situação é ruim. Ficar sozinha na situação em que eu fiquei é inominável. Nada descreve o que é voltar para casa depois de enterrar um filho, a casa transformada em mausoléu, os brinquedos, o inseparável ursinho de pelúcia, o quarto, a cama, lençóis, fronhas, toalhas, a escova de dentes, a mochila, merendeira, todos os apetrechos da escola, caderneta cheia de anotações, provinhas, desenhos, três emes em forma de coração: Melhor Mãe do Mundo, as homenagens no Dia das Mães, presentinhos que ele me dava todo emocionado. Fotos, fotos e mais fotos, as roupas, escolhidas com tanto carinho, adorava deixar ele bem-arrumado, ajeitar o cabelo que ele nunca penteava direito, o tênis preferido sempre sujo, motivo de tantas broncas sem sentido (quanto tempo precioso desperdiçado em broncas), a lata de Nescau, única bebida que ele tomava de manhã, cada detalhe ativando uma enxurrada de recordações sofridas, mas desejadas, e a luta pra manter tudo aceso na memória, abanando a brasa que tememos se apague, independentemente do quanto ela nos queime. Quanta dor, sem posição que acomode, sem analgésico possível, sem corpo que caiba, nem alma que suporte. Uma dor que se espalha por tudo e todos, assumindo formas monstruosas, levando para o fundo quem encontra pela frente, meu Vitinho, ai, meu Deus, pobre criança. Nada descreve o desespero de uma mãe tentando resgatar o filho que acionou o gatilho do naufrágio mental, buscando trazê-lo de volta ao cais enquanto ele é arrastado pela correnteza da insanidade. Nada descreve o que é ter, além de um filho sepultado, outro se afogando em traumas, e um caçula, cheio de vulnerabilidades, pedindo para ser resgatado em meio aos escombros. Nada descreve o que é enfrentar tudo isso, agravado pelo empedernimento de um marido que, presente, foi algoz por imprudência e, ausente, desertor por conveniência.

Douglas.

UMA PALAVRA. A CHAVE DE TUDO PODE ESTAR NUMA palavra. Palavra-chave. Quando bem guardada, privilégio do conhecimento exclusivo, senha, veredicto, poder de abrir ou deixar trancado o segredo. Pronunciada a palavra diante de Amanda, a situação seria outra, não poderia eu devassar sua traição com a visão privilegiada que só a descamuflagem alheia nos permite. Não poderia observar sua intimidade com a contemplação serena dos espelhos falsos; ela inadvertidamente dentro da sala de pesquisa; eu, do outro lado, analisando cada gesto; ela, cobaia; eu, pesquisador, voyeur, senhor absoluto da situação.

Agora, que a aeronave tocou o solo e taxiamos na pista do Charles de Gaulle, minha cabeça lateja como um luminoso de Las Vegas onde a palavra que me enche de poder acende e apaga, num pisca-pisca ofensivo aos olhos maldormidos, e realimenta a dor a que já quase me acostumo. Vasectomia. Palavra oculta que me faz saber mais sobre Amanda do que ela jamais saberá que sei, pequena incisão no escroto abrindo valas enormes entre o pseudo-otário e a pseudoesperta. Traidora estúpida, talvez até acredite que o tumor que se expande em seu útero seja de minha autoria, tumor que em breve assumiria formas de extraterrestre, cabeçudo, membros desproporcionais, e mais tarde revelaria traços fisio nômicos denunciadores do canalha a quem ela se entregou. Uma? Duas? Dezenas de vezes? Quantas terão sido as trepadas? E o amante? Acidental, eventual, habitual? Vários? Não creio em multiplicidades, não neste caso, mas também não creio nas crenças, foda-se. Aqueles coelhos amarronzados na relva em torno da pista, só em Paris vejo coelhos no aeroporto, selvagens, numerosos, fora de contexto, eles, sim, trepam e se multiplicam descontroladamente. Amanda não conseguiria disfarçar uma atividade extraconjugal assim frenética. Sua classe, impossível negá-la, também não permitiria que extrapolasse no exercício da luxúria. Não me surpreenderia se toda essa merda fosse fruto de uma aventura isolada, punição comum aos pecadores não contumazes, e razão mais do que suficiente para que ela confie na probabilidade de serem meus espermatozoides, e não os do outro, os responsáveis pela fecundação do seu óvulo. Se Amanda ao menos desconfiasse que os meus já não circulam pelos canais deferentes em boa hora obstruídos, por menor que fosse a suspeita de minha esterilidade, desapareceria de seu rosto num clique a luminosidade maternal, transfigurada em angústia, arrependimento, pânico. Amanda sabe o quanto me transtorna ser enganado, já me viu provocar terremotos na empresa por comportamentos incomparavelmente menos graves, não tem dúvidas da inadmissibilidade de qualquer pessoa se atrever a trapacear contra Douglas Emiliano Gomes. E Amanda vai saber que eu sei que ela me trai, só não vai saber como eu soube e até onde eu sei, o que a fará imaginar que sei muito mais do que realmente sei, levando-a a uma situação de insegurança tal que a fará revelar mais do que ela jamais admitiria, num crescendo de desespero que eu potencializarei ao máximo com a presença do revólver que, daqui a pouco, começará a circular na esteira de bagagem, coadjuvante de luxo em minha estratégia de forçá-la ao aborto. Vingança, vitória da inteligência sobre a impulsividade, do trunfo microcirúrgico para sempre incógnito sobre a leviandade genital para sempre exposta. Nem em minhas ambições mais loucas consegui imaginar situação tão consagradora: a determinação de nunca mais voltar a ser pai desembocando numa cena emblemática. Ninguém se opõe aos meus planos impunemente, ninguém me faz de corno sem pagar um preço tão caro quanto a desistência da vida que traz dentro de si. Queria ser mãe a tolinha. Toda mulher sonha com isso, no fundo o instinto maternal fala mais alto que a vergonha, que a capacidade de raciocinar, mais alto que tudo, tão alto que acaba tornando público o que deve ser estritamente privado. O instinto maternal é uma barriga enorme que enfeia a mulher, mas ela faz questão de mostrar. Só que, neste momento, eu estou no controle. Cheguei ao ápice do poder: decido quem merece ou não merece nascer, o poder de vida ou de morte, como os imperadores do tempo de Sêneca, polegar pra cima ou pra baixo, ponto final. E estou com a consciência tranquila, moral e economicamente falando. Não ajo sob impulso da emoção, seria primário demais, coisa que qualquer porteiro de edifício faria ao se descobrir traído. Mesmo que Amanda fosse a mulher mais fiel do mundo, mesmo que eu tivesse a certeza absoluta de ser o pai da criança, mesmo assim nunca permitiria que a gravidez evoluísse. Seria o cúmulo da incompetência, o estopim da revelação de nosso caso secreto, a barriga tendo de ser explicada, o comitê de ética da empresa automaticamente acionado, e eu jogando por terra os bônus que tenho a ganhar nos próximos dois anos, além da bolada que me espera na conclusão do projeto amazônico, essa, sim, mais imperdível do que qualquer outra remuneração, não contabilizada, direto para a conta "que não existe", fora do alcance do fisco e dos auditores. Dez milhões de dólares ao fim de dois anos, talvez até mais, correndo contra o tempo e ameaçados por ridículos nove meses de uma gestação indesejada. Até nisso Amanda está sendo estúpida, parte desse dinheiro seria dela. Não será mais, só faltava essa: premiar quem está colocando tudo em risco, enriquecer a traidora. Meu dinheiro agora ela só vai ver para pagar o aborto na Holanda. Talvez um pouquinho de dinheiro aqui, outro ali, sem maiores rupturas. Todo cuidado é pouco. Tenho de afastá-la gradativamente, sem que ela perceba, e esticando o processo de afastamento por pelo menos dois anos. Qualquer escândalo nesse período seria trágico, mas, se for inevitável, que seja tão dramático que sua própria dramaticidade se sobreponha ao escândalo em si, mantendo-o encoberto. Nem eu consigo mais entender o que digo, o álcool me faz um gênio.

O fato é que nenhuma mulher soube tanto de mim quanto Amanda. Minhas contas numeradas, boa parte das senhas bancárias, só ela sabe que Argonauts é a empresa nas Ilhas Cayman onde se ocultam as verbas que juntos desviamos, só ela sabe que as apresentações hospedadas em nossos laptops se entrelaçam numa teia de dados tão bem enredada que faz a mentira parecer verdade e faria a verdade soar pateticamente falsa. Amanda sabe muito mais do que devia, porque eu confiei nela muito mais do que merecia, ainda bem que não totalmente. Salvou-me Sêneca: "Presume do teu amigo que algum dia o poderás ter como inimigo." Se eu escutasse esse cara com mais atenção, teria menos problemas na vida. Salvou-me o velho instinto de preservação: a convicção quase mística de que o poder tem de ser preservado acima de tudo, e nada preserva melhor o poder do que um segredo bem guardado, seja ele um revólver na bagagem ou um bisturi no saco.

Isso é que é operação bem-sucedida: com um pequeno corte, uniu meu corpo, meu interesse financeiro e minha convicção pessoal. Golpe de mestre. Literalmente, não tenho mais saco pra filho.

Victor.

Meu nome é Victor, era pra ter me apresentado antes, acabei me empolgando com outros assuntos... Victor Hugo, homenagem a um grande escritor que meu pai admirava, mas acho que nunca leu, não lembro de ter visto meu pai ler nenhum livro, muito menos desse escritor que ele homenageou à minha custa. Aconteceu depois, não tenho este nome desde que nasci, não, tinha só metade, menino inteiro com meio nome, onde já se viu? Éramos dois, um Victor, outro Hugo, univitelinos, tão parecidos que ninguém conseguia saber direito quem era um e quem era outro. Eu era o um, quer dizer, o Victor, só, sem Hugo, bobeira do meu pai dividir o nome entre os dois, não me conformo, as pessoas têm mania de fazer graça com gêmeos: nomes tipo tique-taque, tico-teco, pingue-pongue, cabelos cortados do mesmo jeito, roupas iguais, um saco! Quando me olhava no espelho, via a mim e a meu irmão, os dois ao mesmo tempo. É assim até hoje, continuamos juntos, rindo juntos, brincando como a gente fazia desde pequenos, juntos. Por isso resolvi juntar os nomes, gosto que me chamem assim, mas as pessoas insistem em me chamar só de Victor, que é como está escrito na certidão. Caguei pra certidão, pra todos os papéis, Victor Hugo é muito mais legal, ainda vou dar um jeito de registrar assim, assinar assim. Dou minha palavra, palavra de Victor Hugo.

Palavras. Não importam quais, nem quantas, mas de quem. Prefiro palavras de boca que de olhos, isso sim. Aimeudeus, não!, duas palavras inesquecíveis de minha mãe. Pra mim aimeudeus é uma palavra só, falar "meu Deus, não" ou "Deus, não", dá no mesmo. O nããããão esticado perto de Deus é o que pesa. Mas não pesaria tanto se fosse dito por outra pessoa que não fosse minha mãe, naquela hora, daquele jeito, que jeito, e com aqueles olhos, que olhos! Sempre que lembro daqueles gritos de minha mãe, as veias do pescoço estufadas a ponto de estourar, revejo seus olhos saltando sobre mim, esguichando lágrimas e um desespero que nem sei descrever. De vez em quando, sonho com o "aimeudeus, não" da minha mãe e acordo todo mijado, igual me mijei no dia em que ela disse, lembro direitinho, faz muito tempo, mas não tem como esquecer. Queria muito, muuuuuuito mesmo, apagar aquilo tudo, aimeudeus, não apaga. Meu pai me pegando pelos ombros, sacudindo forte, pensei que ia me matar, sacudiu, encheu a boca, mas não abriu, disse tudo com os olhos vermelhos, petrificados, palavras pesadas que não consegui ouvir nem traduzir, mas entendi, era muito ruim o que ele dizia, muuuuuito pesado o que tava escrito nos olhos vermelhos petrificados dele. Depois, sumiu, ele e o Huguinho, nunca mais nenhum dos dois. Senti uma coisa estranha, todo mundo ficou estranho, as pessoas me olhavam, e não param de me olhar até hoje, de um jeito muuuuuuito estranho, como se eu fosse um bicho, de outro planeta, sei lá. Droga de vida, droga, de, de, de, de vida, dê vida, devida, dividida, dívida... drogadevida também devia ser uma palavra só.

Sinto falta. Não tenho notícia do meu irmão, só as que minha mãe inventa. A gente brincava muito, dá uma saudaaaaade. Minha última lembrança dele é só fumaça e um barulhão de pesadelo, estrondo, gritos, Não! Não! Não! Aimeudeus, Nããão!

Somos gêmeos — já disse —, como as estrelas, minha mãe dizia, tão parecidos que as pessoas confundem, não sabem se eu sou ele ou ele é eu — também já disse —, mas cada um tem brilho próprio, falavam isso acho que pra gente não ficar um com ciúme do outro, irmão tem essas coisas de ciúme, gêmeos então... brigam muito por causa disso, mais pra assustar, porque briga de irmão não é pra machucar de verdade, irmão é assim: por dentro gosta, por fora desgosta, todo mundo, até quem nunca teve irmão sabe que é assim.

Depois que começaram a me mandar pra esses lugares, deve fazer mil anos que vim a primeira vez, depois que minha cabeça começou a ficar complicada, depois disso e daquilo, depois a galinha pôs um ovo só pra nós dois — eu e meu irmão nascemos do mesmo ovo —, depois de tantas coisas, só minha mãe vem me ver. Nem meu irmão, nem meu pai, ninguém mais, parece que eu morri, hã, engraçado: eu morri e ninguém me contou, pra eu não ficar triste. Morrer é triste. Morrer como eu acho que morri é melhor, sem enterro, sem caixão, sem nem se dar ao trabalho de cair duro, muito melhor, deve ser sufocante passar a morte inteira, que é muito mais tempo do que a vida inteira, trancado num caixão. Mamãe diz que eles mandam lembranças, que me amam, que querem saber como eu tô, mas não acredito nessas coisas, é ela que inventa pra me agradar. Depois de minha mãe, só quem gosta de mim são as estrelas, essas, sim, nunca falham, toda noite aparecem. Ontem peguei três, não é fácil, nunca tinha pegado nenhuma esses anos todos. Sempre que jogo a rede — faço assim com a mão, só funciona se jogar desse jeito e se for bem tarde da noite —, elas fogem. Estrela é fogo. Várias fugiram ontem, anteontem, todos os dias desses mil anos desde que eu venho pra esses lugares, mas aquelas três agora são só minhas, guardei no armário dentro da caixa de sapatos, minha caixa-forte, pra ninguém mexer, ninguém meeeeesmo. Apagaram, é assim que acontece, estrelas capturadas se apagam do mesmo jeito que peixes pescados morrem, só de sacanagem, vinganças da natureza, mamãe disse. Não entendi foi quando ela falou da estrela do Hugo, eu e meu irmão somos homenagem a um escritor que meu pai gostava muito — já disse —, mas o que minha mãe falou do Huguinho é que a estrela dele está muito alta no céu, onde nem dá pra ver a luz, muuuuuito depois de Marte, Júpiter, Saturno, os anéis... Minha mãe sempre chora quando vem aqui, deve ser por causa do meu pai, usa aliança até hoje como se ainda fosse casada, os anéis... acho que ele fugiu com o Hugo e ela não conta nada pra eu não ficar triste. Meu pai era um cara legal, acho que era, não sei se ainda é, tenho boas lembranças dele, algumas só, poucas e boas, cada vez menos, "estive internado e lembrei de você", esta é boa, inventei agora, meu pai inventava umas piadas bestas, como a do nome combinado dos filhinhos gêmeos. Me ensinou algumas coisas bem importantes: ter atitude, meu pai gostava dessa palavra "atitude"; tomar a iniciativa, também gostava dessa palavra "iniciativa"; falava muito de atitude e iniciativa comigo e com o Hugo. Me ensinou a não falar palavrão na frente da mãe, nem da vó, ensinou a me defender, mostrou a... aquela coisa que minha mãe tinha muuuito medo, deixou a gente mexer, isso eu não queria aprender, não serve, não presta, bem que mamãe tinha medo, prefiro esquecer. Não adianta nada a mãe não contar as coisas ruins que ela esconde, porque eu fico triste do mesmo jeito. Quem não fica triste vendo a mãe da gente com a cara cheia de lágrima? Todo dia disfarçando aquele olhar pesado, que sussurra gritos de mil microfones, com o mesmo lamento que não acaba, aimeudeus, eco na cabeça, nos ouvidos, na alma, difícil dizer o que sinto.

De meu pai, sinto saudade. De minha mãe, sinto pena. De Hugo, sinto muito, foi sem querer, juro.

Ludmila.

Dr. Hamilton, meu analista, diz que mamãe tem um problema básico: uma filha que chama a atenção dos homens mais do que ela. Se ele diz, é. Nunca errou nada a meu respeito.

Todos reclamam da adolescência como a fase mais complicada da vida. Meu caso não é diferente de tantos outros por aí. Só que complica muito mais quando a mãe da gente estaciona no tempo e se recusa a reconhecer que a fila anda. Com ela parada na minha frente, não tinha como meus peitos crescerem, faltava espaço em nossa casa para outra mulher, outro ser com formas atraentes para os olhares masculinos. Nunca neguei que mamãe era linda, sexy, mas ela fazia tudo pra negar meus atributos. Dizia tentar me proteger e, na verdade, só tentava me anular, competia comigo em tudo, não admitia que a natureza me fez gostosa e que o tempo era meu aliado: enquanto me enchia, esvaziava a mamãezinha. Minha bunda mais arredondada, meus seios mais empinados, minha boca mais carnuda... tudo me favorece no jogo que mamãe inventou, e ela, nervosa com a óbvia desvantagem, começou a inventar cada vez mais problemas. Que imaginação! Ficamos sem nos falar muitas vezes. Da última vez que rompemos relações, não nos recuperamos até hoje.

Um nojo. Ela, com aqueles olhos que acredita enxergarem até a alma das pessoas, leva qualquer um à loucura. Sabe lá o que é ter uma mãe superpoderosa? Minha mãe está absolutamente convencida de que tem o dom de ver tudo, até o que não existe.

Nosso convívio sempre foi difícil, mas quando Doug passou a morar lá em casa, piorou horrores. Bastou ela engravidar. Pronto. Barriga crescendo, pernas inchando, peitos caindo, e ela pirando. Só o fato de eu começar a tratar o Douglas pelo apelido fez com que ela quicasse na cadeira. Foi quando voltou da maternidade com minha irmãzinha no colo. Depressão pós-parto, sei lá, tem mulher que endoida. Olhava pra mim como uma ameaça permanente. Meu analista disse que é comum as mães competirem com as filhas e vice-versa. Deve ser, ele nunca erra. Mas o que acontecia lá em casa era surreal. Acho que nessas situações de segundo casamento, quando o cara que namora a mãe não é o pai da gente, fica mais complicado. O cara é homem, né? Tem seus hormônios trabalhando, não tem nenhum bloqueio paterno em relação à gente, acho que o tesão vem assim, tipo fora de controle. Mas Doug disfarçava direitinho. Eu notava, mamãe notava, mas ele não dava bandeira não, era super na dele. Foi aí que a cisma aumentou, de que havia algo a esconder. Claro que eu gostava da brincadeira; que mulher não gosta de ser desejada? E tinha um gosto superespecial ver os olhos do namorado da mãe passeando pelo meu corpo. Não que eu quisesse nada com ele, seria sacanagem, né? Era só pela curtição de deixar aquele homem maduro, cheio de si, babando por mim. Doug é bem mais velho, mas não a ponto de babar sem um bom motivo. Saber que a gente faz sucesso com várias faixas etárias dá uma sensação tão boa... E vamos combinar que os homens mais velhos são mais ligados em sexo que os jovens. Eu provocava um pouco, é verdade. Andava pela casa com minhas roupas mais curtas, mais apertadas. Mamãe percebia — o que é que ela não percebe? — e se roía toda por dentro. Quem mandou não continuar com meu pai? Se Doug fosse meu pai, nunca rolaria um problema desses, nem da minha parte, nem da parte dele, porque aí a própria natureza ia funcionar como censura. Incesto é uma coisa horrível, todo mundo sabe, até bandido tem horror disso. Mas não, ela preferiu pular de galho em galho, deu nisso. Vi meu pai uma vez e nunca mais. Fugiu da nossa vida como o diabo foge da cruz. Minha mãe é que tem mania de usar essas frases antigas que falam de diabo. Coisa de velha.

O que complica o lado de Doug é a bebida. Ele não controla direito, acho que é viciado mesmo. Olha que veteranice: viciado em álcool. Se fosse um cara moderno era viciado em parada mais interessante. Eu não quero saber de vício, tremenda podre. Cheiro um pozinho de vez em quando, mas é tipo socialmente. Mamãe não se conforma, me chama de dependente. Invenção dela. Quando fico um tempo sem cheirar, sinto falta, o que é que tem? Rola uma agitação, normal. Mas isso é vicio? Pra mim, não. É só necessidade.

Laurent.

Falo pouco. Custo a me manifestar. Tenho dificuldade para encontrrar o que dizer, especialmente quando não é na minha língua de origem. E, quando falo, meo sotaque afrrancesado soa snob, frresco, algo entrre snob e frresco. Daí uma certa rejeiçon, sinto no ar. Talvez pelos anos que trabalhê em Grasse, convivendo com a diversidade dos arromas, meus narrinas tenham adquirrido um poder diferrente. Tenho farro para os negócios, assim como sinto o cheirro da podrridon, de longe. Neste momento, por exemplo, sei que algo sujo está acontecendo na Amazônia. Prrovas non tenho, por enquanto... o tamanho e o forma da sujerra ainda son desconhecidos, mas nenhuma dúvida resta quanto à existence de algo muito podrre nos futurras instalaçons da Lindholm Svartsnaider Beauty em pleno pulmon do mundo. Muito sintomático meo excluson do prrocesso decisórrio. Sendo eu o responsable pela prroduçon, serria naturral, quase obrrigatórrio, minha participaçon em mudança tan significativa parra os rumos da companhia. Até a insossa da Helga foi convidada a opinar. Está certo que a árrea de pesquisa e desenvolvimento, que ela cuida, tem tudo a ver com o assunto, mas meu área non é menos pertinente do que o dela, e o saldo final de este... comment dire?... encaminhamento... prrocedimento... este coisa infeliz... é que eu fiquei na condiçon de único vice-président ao margem do assunto mais palpitante da LSB nos últimos anos.

Ainda que alguém conseguisse explicar a discrrimina-çon que estou sofrrendo, com uma justificativa technique ou politique que non consigo nem mesmo imaginar, bastarria uma reunion, aquela bizarrice de reunion, parra eliminar qualquer vestígio de dúvida. Nunca vi coisa mais estranho. Douglas explodindo, sans raison, numa agrresson parra lá de gratuite, e eu... bien... nada é gratuite, especialmente vindo de onde veio... Eu? Calei minha boca, clarro. É o meo jeito, falo pouco, tenho dificuldade parra encontrrar as palavrras... Só me resta calar, especialmente quando fico nervoso. Se tento falar sob presson, gaguejo.

Na verdade eu sou tímide, intrrospectivo, o que pode ser interprretado como trraiçoeiro por pessoas que habitualmente trraem os outrros. Esses coisas... sabe como é... Lamentável como Douglas se coloca no centrro de todas as atençons, todas as decisons, todas as invejas. Nunca o invejei, como sei que muitos o invejam. Também non o admirro, como acontece com outrros tantos. Non gostarria de ser nada parrecido com ele, peut-être um pouco da sua capacidade de falar, peut-être Amanda, oui, poderria até invejá-lo por sua prroximidade especial com Amanda, belle femme, mas non posso afirmar que seja inveja, é somente um sentimento estrranho que procurro disfarçar, um sentimento... sem nome. A hostilidade que Douglas me dedica chega a ser lisonjerra. Logo eu, tan focado no trrabalho que mal olho o que se passa ao redor, e mesmo assim, maldiçon, vejo mais do que devia.

É perturbador, imagino, um président ter no seu calcanhar um vice-président que domina a árrea de prroduçon, sem o que nada de concrreto acontece na emprresa, e que parrece non dar a mínima para o todo-poderroso. Um vi-ce-président com mais experriência na essence do negócio, que tem até nome de grrife, como dizem meus companheirros — Laurent... sabe como é... esse brrincadeira de grrife me diverte —, e se entende aos mil maravilhas com o lado estrangeiro da Lindholm Svartsnaider, os verdaderros donos de tudo, como em toda multinacional que se prreza. Um vi-ce-président que non reage aos prrovocaçons do chefe, e que sabe de certas coisas... comment dire?... delicadas... inconvenientes. Existem coisas que, non só eu, toda a dirretorria sabe, mas finge ignorrar. Conivência e conveniência. Non é por acaso que esses palavras se parrecem. Se a mentirra convém a todos, por que non alimentar ela? Ou, pelo menos, calar a seu respeito. O silêncio é de ourro e, bien aplicado, pode render dinherro novo em nossas contas bancárrias.

Mas non há como non se sentir ridicule de vez em quando. Certas aprresentaçons feitas parra autorridades internacionais da LSB son merra ilustraçon de... comment dire?... factoides, purro jogo de cena, interprretado por um elenco de canastrrons. Lembrro da exprresson de surprresa no auditórrio, quando, durrante a visita de monsieur Marcel Mignonneau, CEO mundial, nosso árrea de marketing — holofotes sobrre o directeur Eduardo Maksoud — aprresentou o videô de uma açon de sampling na prraia de Marresias, onde uma dúzia de pessoas foi trransformada em multidon por trruques de ediçon, e os depoimentos de consumidorres, entusiasmados com nosso novo hidrratante, nada mais erram do que declarraçons de figurrantes contrratados, mesclados com parrentes de nossos colegas. Até a filha do gerrente de marketing, um imbecil recém-contrratado pelo Maksoud, atuou nessa farsa. Monsieur Marcel vibrrou, Douglas puxou aplausos, e todos nós sorrimos excitados, todos orgulhosos

Em outre visite, a de Mr. Gottfried, VP mundial de marketing, a celebrraçon do patrrocínio de um evento de moda totalmente inexprressivo foi mais uma aula de como trransformar frracassos em abrraços. Maksoud brrilhou novamente, Amanda sublinhou a importance de investir cada vez mais em iniciativas como aquela, soando como musique aos ouvidos dos outrros setorres sedentos por verbas, e Douglas parrecia um pai amorroso na formaturra dos filhos. Choverram congrratulaçons logo depois da aprresentaçon, que foi espalhada pelo mundo como um caso exemplar, o que gerrô novos abrraços virtuais, via milharres de e-mails e telefonemas de alguns iludidos admirradorres e muitos convictos bajuladorres, priorritarriamente interressados em atingir os Marcels e Gottfrieds da LSB, sempre copiados ou indirretamente informados de seus calorrosas manifestaçons.

Essas forram ocasions emblemáticas que eu pude testemunhar, e imagino quantas outrras fantasias forram vendidas aos líderres mundiais da emprresa em eventos e reunions de que non participei. Mas non crreio que nada chegue aux pieds da encenaçon do prrêmio.

Emprresa Amiga da Naturreza, parrece piada, c'est-à-dire, de muito mau gosto, mas... funcionou marravilhosamente. Non faço ideia de como se comprra uma homenagem daquelas, nem de como se convence um grrupo de executivos internacionais experrientes de que uma cerrimônia descarradamente... comment dire?... fajuta... tem alguma validade. Só sei que os internacionais vierram em peso — Marcel e Gottfried encabeçando a liste —, tirrarram fotôs, fizerram discursos, derram entrrevistas, e deixarram o Brasil tan enlevados que poderriam até dispensar les avions no volta a seus países.

Como disse antes, conivência e conveniência, uma coisa depende da autre, chefe feliz nunca faz mal a ninguém e, no fim do ano, os bônus de todos nós acabam mais... rechonchudos. Mentirras coletivas gerram cumplicité e, até certo ponto, sensaçon de felicité. O grrande perrigo nos grrandes corporraçons está em desmascarrar mentirras particularres de quem morra nos andares superriorres do organogrrama.

Desde que eu vi Douglas e Amanda saindo juntos do prrédio onde ele morra, nos Jardins, as coisas se complicarram para mim. Muita coincidência esbarrar com os dois numa cidade gigantesca como San Paulo, muito azar de todos nós estar exatamente ali naquele momento: eles saindo romanticamente non sei parra onde, eu a caminho de um encontrro com amigos frranceses que faziam turrismo, inocente como um bebê, só pensando em rever os amigos, relembrrar velhas histórrias. Fingi non ver nada, nem a carra de apaixonado de cada um deles — parreciam dois adolescentes em seu prrimerra oportunidade sem a vigilância dos pais —, nem o beijo que trocarram enquanto a porta do garragem se abrria — parrecia um beijo, o reflexo da luz no parra-brisa e o foco precárrio dos meus olhos na imagem que marcou o prrimeiro contato visual com a situaçon, aliado ao surprresa de tudo aquilo, non me permitem afirmar com prrecison —, enfim, o somatórrio dos detalhes inviabiliza a possibilidade de estarrem o président e sua vice prredileta apenas encerrando uma rodada extrra de assuntos empresarriais, levados ao territórrio residencial por alguma especial imposiçon de confidencialidade. De todo esse imaginado argumentaçon de defesa, só a confidencialidade faz sentido, independentement do que estivessem fazendo. O fato é que eles fingirram non me ver, prraticamente fingirram nem estar ali, prrovavelmente torcendo parra que eu non notasse eles, o que non serria de todo absurdo considerrando minha habitual ingenuidade distrraída. Mas o trrânsito pesado de fim de expediente tinha que engarrafar bem ali, na rua que eu prrecisava pegar para chegar au restaurant onde meus amigos me aguardavam, caprrichosamente diante do prrédio onde os dois figurrons da Lindholm Svartsnaider Brasil cometiam seu delito. Amanda chegou a se abaixar dentrro do carro, mas nós trrês sabemos que fingimos ou, no mínimo, desconfiamos que fingimos, já que minha discriçon em nenhum momento deu a eles a certeza de que eu tenha realmente visto a cena. Me assusta pensar que isso é apenas uma ponta do que imagino existir de iceberg escondido por trrás de uma ligaçon, sabe como é... mais íntima entrre o líder da emprresa e a dirretorra que contrrola o dinherro, e que teorricamente tem um papel adicional de fiscalizadora da geston do chefe, reportando-se dirretamente aos financerros mundiais da LSB, atendendo às auditorrias etc. Uma ligaçon exprressamente prroibida pelas normas da emprresa que, se for revelada, pode acarretar consequências inimaginables.

O espetáculo de trruculência naquela reunion de dirretorria, coincidentemente na semana seguinte ao infeliz acaso, foi um recado intimidador, uma tentativa de inibiçon, espécie de ataque prreventivo, que acabou atrraindo a simpatia dos outrros dirretorres parra a vítima indefesa: o coitadinho de moi. Fez de mim mais forte do que jamais prretendi ser, logo eu que quase non falo. Apenas fixei os olhos no agrressor, depois na mesa, e rabisquei umas palavrras, que guardo comigo até hoje, as palavrras que engoli, que non terria como prronunciar. Résistance passiva, li um livrro sobrre Gandhi que fala disso. Usê a força do adversário a meu favor, como um judoca bem trreinado, e agora uso o silence parra torturrá-lo. Isso de alguma forma me diverte, confesso, quase tanto como ter nome de grrife, porque ver poderrosos com medo é um deleite parra a alma.

O último lugar que desejo no mundo é a cadeirra de Douglas, mas non querro que ele conheça essa verdade, non, de jeito nenhum. Se ele ao menos desconfiasse, acho que ficarria decepcionado, ou envergonhado, algo entrre decepçon e vergonha, se é que ele é capaz de sentir alguma vergonha naquela carra de... Na verdade, eu jamais suportarria viver sob a prresson de ter palavrra final em tudo, ser o astrro dos eventos, permanentemente reverrenciado, ostensivamente observado, mestrre de cerimônia obligatoire das grrandes aprresentaçons. Falo pouco demais para aceitar esse papel. Mas, já que a guerra foi declarrada, o que mais posso fazer?

Tenho a imprresson de que nas grrandes emprresas há os que transpirram, os que inspirram e os que conspirram, nada mais. Semprre me enquadrrei no primeirro grrupo, dando meu suor e o melhor do meu conhecimento technique para aumentar a prrodutividade da LSB e a qualidade dos seus prrodutos. Semprre achei que Douglas deverria estar entrre os que inspirram, já que esse é o papel prrincipal de qualquer líder. Mas, no momento em que descubrro meu chefe entrre os que conspirram, e essa conspirraçon começa a me ameaçar, sou forçado a conspirrar também. E aí passamos a correr na mesma raia, uma raia incômoda em que nenhum de nós deverria estar.

Esprreitar à sombrra... Comment dire?... Tocaiar... Mudar de atitude... Farrejar? Clarro. Tenho o narriz trreinado desde meus tempos de Grasse. Tornar verdade o medo que atormenta meu perseguidor? Revirrar a sujerra escondida embaixo do tapete? Porquoi pas? As coisas... sabe como é... nunca se sabe...

Douglas.

A PRIMEIRA VEZ QUE POUSEI AQUI PARECIA UM SONHO. Continua lindo, um dos aeroportos mais bonitos do mundo, mas já não é o mesmo. O De Gaulle deixou de ser excitante, como uma mulher que virou rotina. Hoje não, tudo diferente, já enxergo de outro jeito. Molho de aventura para apimentar a relação, sempre funciona. Alguns metros adiante uma esteira me aguarda, onde malas circularão como crianças que saem do jardim de infância, à espera da mão adulta que as recolha. Só uma vez fui buscar filhos na escola, dois ao mesmo tempo, Victor e Hugo, meus gêmeos, nunca mais, nenhuma escola, nenhum filho, nenhuma... merda de pontada na cabeça, já era pra ter passado, quatro comprimidos, a noite toda. Os passageiros começam a se apinhar em torno da esteira, abelhas no pão doce. Em quantas malas haverá segredos? Tão desvendáveis são os viajantes diante do oficial de imigração, do fiscal da alfândega, de qualquer autoridadezinha que se acha no direito de folhear passaportes, vasculhar bagagens, despejar perguntas. Tão vulneráveis são todos perante um crachá. Só escapam os blindados, os que estampam autoconfiança no rosto, imunizados pela vacina do poder, os raros privilegiados como eu. Sou exceção, adoro ser, excepcionalmente pode-se tudo. Da manobra financeira à arma na bagagem, tudo me é possível, exceto livrar-me da dor de cabeça mais longa que já tive. Exceto, exceção, excepcionalmente... Minha visão está turvando. O motor da esteira entrou em operação, começou a girar, lá vem a primeira mala, a segunda, a terceira, uma linha de montagem de malas, soldadinhos retangulares entrando em forma, alguns bolsões desengonçados, uma ou outra caixa de papelão mumificada por fitas adesivas, uma guitarra cheia de "fragiles" estampados, movimento uniforme de personagens multiformes, agora parece um carrossel. Quando levei meus filhos à Disney, fiquei zangado ao notar que eles se interessaram mais pelo carrossel da Fantasyland do que pelas atrações da Tomorrowland. Coisa mais suburbana ficar girando naquela bobagem com musiquinha de quermesse! Os marmanjos se enterneciam com a inocência dos pequenos, alguns embarcavam junto, montados heroicamente nos cavalinhos engessados, havia até dois casais de namorados, resplandeciam um romantismo pra lá de démodé, irritante. Valéria se emocionou. Provavelmente associou os cavalinhos ao seu delírio principesco. Valéria tem mania de príncipe, me via — talvez ainda veja — como um desses encantados que salvam donzelas, enxergava nossa relação num cenário de Saint-Exupéry (cansei de ouvi-la repetindo "tu te tornas eternamente responsável por aquilo que cativas"), quando o único príncipe que me interessa é o descrito por Maquiavel, com seus fins que justificam os meios. Seja qual for o motivo, o fato é que ela se emocionou com aquele brinquedo estúpido, e, pra disfarçar, seus olhos cheios de lágrimas fingiram observar qualquer coisa bem além do carrossel, um velho truque, sempre desfechado pelo mesmo sorriso troncho seguido de uma discreta passagem das costas da mão pelo rosto. As tiradas românticas de Valéria sempre me irritaram, como me irritava o mau gosto dos seus vestidos, a caretice de sua maquiagem, o esforço que ela fazia pra corresponder à descrição clássica da esposa ideal, da mãe ideal... Ai, minha cabeça!

Os árabes barbudos só chegaram agora. Onde estariam? Provavelmente, tomando uma dura da imigração. Também, com essas caras e essas roupas, só falta a plaquinha de "danger" pendurada no pescoço. Prevalecem cores sóbrias, malas se ocultam em tons escuros tentando não ser notadas. Vez por outra surgem as excêntricas, berrantes, cafonice correndo solta, talvez as que menos interessem às autoridades, pela atitude de quem não tem conteúdo a esconder, pela coragem de se expor sem medo. A mala de Cíntia era assim, toda florida, um escândalo. Mas ao lado de Cíntia fazia sentido. Suas batas, seus cabelos negros, longos, embaraçados, seus óculos, Cíntia era naturalmente over, não chocava. Só não precisava ser tão chata, tão envaidecida de sua cultura, tão falante, tão desbundada, tão radical, tão... mala. Cíntia podia estar girando nessa esteira, exibindo-se orgulhosamente aos passageiros recém-chegados. Paris tem tudo a ver com ela, a arrogância parisiense é a sintese de sua atitude. Que viagem aquela, que desperdício, que desagradável! Ops!, a velhota distraída me acertou o tendão de Aquiles com o carrinho de bagagem. Se não bastasse a dor de cabeça, agora fisgadas também por baixo. Idosos deviam ser proibidos de viajar, não aguentam nem com seus corpos, quanto mais com suas tralhas, é um perigo deixá-los à solta. Velhos e crianças, extremos da vida, levando e trazendo problemas. "Ninguém se salva a nado carregando sua bagagem pessoal", engraçado lembrar de Sêneca agora, nada a ver. E daí? Gosto dessa frase, acabei de atravessar o oceano, estou cercado de malas, até atropelado por elas...

Pensando bem, tudo a ver. Como dizia dona Ismênia, deve haver algum sentido.

Minha mãe adorava viajar, pobre mãe. Fotografava tudo, organizava álbuns, mesma mania de Valéria, álbuns e mais álbuns, meticulosamente arrumados, jogados no fundo de uma gaveta ou baú qualquer que ninguém se dá ao trabalho de abrir. Amanda também tem um pouco disso, bem pouco, não organiza tanto, e só nas viagens de férias, nas de trabalho não fica bem agir como turista. Está me traindo, a cachorra — como pode fazer uma coisa dessas? —, não me livro deste pensamento. Amanhã, chega aqui toda agitada, com máscara de executiva e cara de tudo bem. O que andará aprontando em Madri? Será que aproveitaria um intervalo tão curto para... ela é bem capaz de... mesmo grávida? Mais tarde eu ligo, preciso manter o controle, apertar os botões certos. Amsterdam nos espera, a clínica de aborto nos espera, Amanda não perde por esperar. Uiii! Cabeça dói forte, está piorando, lateja, cérebro inchado forçando as paredes do crânio. Cabeça-represa, prestes a romper. Agora rodou tudo. Tonteira assim eu nunca... Se eu desmaio aqui, nem sei... Será a bebida? Difícil, tonteira de porre é diferente, e eu nem bebi tanto que justificasse. Que porre tomamos em Nova York, eu e Paula! Valia a pena ficar zonzo com aquela mulher estonteante. Minha mala, ali. Finalmente entrou na roda. Gira mala, gira mundo, gira tudo à minha volta. Em Portugal, maluco é gira, e daí? Não sei por que fui lembrar dessa besteira, estou variando demais. Pronto, peguei. Mala com rodinhas, uma das grandes conquistas da humanidade. Vamos enfrentar os monsieurs, ver se algum deles adivinha o brinquedinho que carrego aqui. Fila grande, impossível viajar em paz depois do 11 de Setembro. Muitos policiais com cães farejadores, nunca vi este aeroporto tão tenso.

Até onde sei, os cães são treinados pra farejar drogas, seriam mais úteis à segurança pública se farejassem armas, talvez consigam detectar explosivos, pólvora? Quem sabe? Vem um na minha direção, cachorro carregando o soldado. Meteu o focinho na minha mala, agora na bagagem de mão, na minha perna, tá xeretando meu bolso o desgraçado, procurando suborno, voltou na mala. "Bonjour, monsieur!" Nem respondeu, guardinha antipático. E esse cão dos infernos que não desgruda... ufa, começou a passar adiante. Vai cheirar sua próxima vítima, que aqui não tem nada que te interesse, ô vira-lata de merda!

Última barreira. Estão abrindo mais malas do que de costume. Algo está errado, alguma ameaça de atentado, talvez. Clima de Estados Unidos, não combina com Paris. Se meu pai estivesse vivo, e soubesse onde sua arma veio parar, ficaria uma fera. Se soubesse de meus casamentos, meus pensamentos... esses nem eu conheço direito, flutuam muito, voam como aviões sem rumo. Mentira. Sei muito bem o que penso, o que faço e o que falo, apenas minto convictamente, como aquele italiano, Tommaso Debenedetti, que escreve entrevistas que nunca fez, com celebridades que nunca encontrou, nem Bento XVI escapou, e as publica, orgulhoso do seu dom de iludir. O que pode haver de mais verdadeiro do que escancarar a própria mentira? Meu pai achava graça dessas minhas tiradas meio filosóficas. Sinto falta dele, era um bom sujeito, mesmo que não fosse, era o único pai que eu tinha, e nunca me faltava. Sinto falta da falta que ele faz, e que eu quase não percebo, toda hora esqueço. Falta de Victor e Hugo juntos, merda, não quero pensar nisso. E o Fred? Tanto tempo sem notícia... Sou muito ocupado pra dar atenção a tanta gente, tenho mais o que fazer além de ficar ligando pra filho... Fred é meu filho preferido, nunca disse a ele, não se deve dizer essas coisas, traumatiza os irmãos, cria problemas de relacionamento, eu e minha irmã, por exemplo... muito mais complicado do que na empresa. Cabeça vai explodir. Melhor pegar o passaporte logo, quanto menos ficar parado na frente do sujeito, menos chance ele tem de inventar problema. Engraçado, comecei a ficar nervoso, de volta à adolescência. Como é bom sentir medo de novo, bendita adrenalina. "Bonjour!" Esse pelo menos respondeu. "Oui, rien a declarer. Merci." Fácil como tinha de ser. Sou executivo internacional, basta olhar pra mim. Nada me atinge, ouviram, seus bostas? Agora é respirar as promenades, degustar os cafés, ajustar os detalhes do plano... Ali!, meu nome na placa, comme il faut. Motorista acompanhado de recepcionista, carro de luxo, tudo à minha espera. Guilherme não falha. Combinou, acontece. "Bonjour!" "Como, bom dia?" "Ah, vocês falam português?"

Não precisava tanto. Desta vez, Guilherme se superou. Esse garoto tem um grande futuro pela frente.

"A viagem foi ótima, obrigado. Tirando a dor de cabeça que embarcou comigo." "Já tomei remédio, não se preocupe, quatro comprimidos durante o voo e, até agora, nada. Paris vai me ajudar, adoro esta cidade." "Claro que sim, vou com vocês até lá. O estacionamento é grande, mas gosto de caminhar, é saudável, principalmente depois de tanto tempo sentado, respirando aquele ar viciado de avião..."

Deixaram o carro no ponto mais extremo do estacionamento, tudo bem, desde que o grandalhão continue levando as bagagens. Ah, se Paula estivesse aqui! Seria lindo vê-la na Place de Madeleine, tão dominada pela igreja que nem se percebe a praça, chegando pela Rue Royale, depois de passar pela Concorde, conferir o cardápio do Maxim's ou de outros tantos restaurantes especiais, jantares de intermináveis pratos, sobremesas delirantes, e os vinhos, ótimos, muitos, todos. Paris tem a arrogância de Cíntia, mas tem muito mais a ver com Paula, logo ela que nunca veio aqui comigo, talvez a única que eu devesse trazer. Muitas mulheres pra administrar. Ernest Hemingway teve quatro, como eu, foi Cíntia quem me contou, sabe tudo de arte, da vida dos pintores, escritores... Quatro mulheres declaradamente fixas, sem contar as eventuais, viajava muito o cara, talentoso, famoso, bem-sucedido, e se matou bestamente. Foda. Paris é sexy, deslumbrante, e ainda assim tem uma população que esbanja mau humor. Como muxoxam! Não é cidade pra se morar, só pra desfrutar. Depois partir, e ficar morrendo de saudade. Paris é adorável, mas não serve pra casar. Cidade amante ideal. Paris é Paula. C'est parfait.

"Chegamos ao carro? Magnifique." "Que porta-malas enorme! Não conhecia este modelo. Coloca a bagagem de mão com cuidado, por favor, tem o laptop e... Que é isso? Vocês estão loucos? Aiiiiiiiii!!!"

Guilherme.

Antes de partir, minha mãe escreveu uma carta. Eu estava na Europa, convalescendo do atentado ao D'Orsay, e a notícia — que ironia! — chegou como uma bomba. Na verdade, duas bombas. A primeira, imediata: o adeus, que eu jamais a imaginara capaz de acenar. A segunda, de efeito retardado: a própria carta, de despedida, de revelação. A maioria dos suicidas escreve uma ou várias cartas, às vezes se desculpando, quase sempre distribuindo culpas. Aprendi que nem todo terrorista é suicida, mas todo suicida é terrorista. Aprendi da pior maneira, foi mamãe quem me ensinou. Suicidas explodem tudo à sua volta, descontando no mundo seu fracasso em lidar com a vida. Minha mãe... bem, pelo menos, minha mãe tentou ser diferente. Soava serena em sua incapacidade de se explicar, reveladora como quem já se exclui do futuro, e conciliadora como quem ainda pretende viver longos e pacíficos anos. Cada frase, bem pensada; cada descrição, bem construída; cada intenção, bem esclarecida, ainda que confessando não enxergar exatamente com que intenção se movia. Parecia senhora de si, como nunca, senhora de suas emoções, de seu texto e do seu ponto final. Nada que denotasse o desespero que antecede o último gesto, nada que indicasse o medo natural do nada absoluto. Inútil tentar reproduzir com minhas palavras as que só ela saberia dizer daquela maneira. Inútil. O que mais se pode dizer de uma carta que não admite resposta?

"Querido Guilherme,

Primeiro, perdoe-me por me despedir desta maneira. Não consegui um jeito melhor.

Segundo, não me pergunte por quê. Simplesmente, não saberia responder, como acontece com tantas outras questões que a vida colocou diante de mim.

Ficou mastodôntico demais, acho que é isso, e você sabe o quanto prezo a delicadeza. Você sabe muito de mim, meu filho, inclusive o quanto costumo me arrepender de meus atos. Tantas vezes voltei atrás que já perdi a conta. Por isso, tinha de ser radical, imediata, sob pena de desistir de novo, e me arrepender de ter desistido, e continuar me arrependendo e desistindo infinitamente. Se, quando você estiver lendo esta carta, o arrependimento de alguma forma se aproximar de minha alma, poderei repeli-lo dizendo: 'Desculpe, agora é tarde'. E não posso evitar um sorriso quando imagino este diálogo absurdo. Engraçado sorrir numa hora dessas, não acha? Também me surpreendo. Jamais pensei que me sentiria tão leve num momento tão pesado.

Antes que eu me esqueça, não acredite cegamente em tudo o que escrevo. Estou determinada a minimizar, quando não conseguir de todo eliminar, rastros negativos, e o que relatarei de memória, além de estar embaçado pelos anos, vem adornado pela emoção, que me impede de ser isenta, muito menos exata.

Ao dizer que você sabe muito de mim, não tento disfarçar que falta saber algo. Muito é diferente de tudo, lembra? Várias vezes repeti esta frase em nossas conversas de fim de tarde, regadas a café com leite com cream cracker e biscoito de maisena. E esse algo, que ocultei por tantos anos, é fundamental demais para continuar oculto, primeiro porque diz respeito diretamente a você, segundo porque, de alguma forma, acredito que tenha influência na minha decisão de partir deste mundo, embora seja injusto apontar um fio como culpado, quando ele é apenas parte de um grande emaranhado.

Estou falando de seu pai.

O homem que lhe descrevi desde criancinha, Marco Aurélio, o marido que me deixou quando soube que eu estava grávida, e cuja atitude eu sempre disse compreender, justificando-a como um impulso em busca de novos horizontes, o pai de quem só lhe contei coisas boas, exagerando seus traços positivos para que você crescesse orgulhoso de quem o gerou, na verdade foi tão vítima quanto eu de uma armadilha do destino. Para encurtar a história, nosso relacionamento esfriou e, numa de minhas viagens a Nova York, conheci um passageiro que me olhou de um jeito diferente, me abordou com charme e inteligência, me envolveu com a atenção que eu gostaria de ter.

Passamos um dia maravilhoso em Nova York, e uma noite, e o dia seguinte. O que ele tinha de trabalho para resolver — era uma viagem de trabalho — foi resolvido em poucas horas. Jantamos, fomos ao teatro ver um musical famoso, dormimos no hotel dele, tomamos um farto café da manhã, passeamos no Central Park... um sonho. E eu, que nunca havia traído nem pensado em trair, resisti bravamente à culpa que a todo instante tentava se infiltrar na minha fatia de felicidade. Estava longe de casa, a salvo de olhares acusadores e, principalmente, estava recebendo a cota de afeto a que julgava ter direito.

Contrariando todas as probabilidades, algum tempo depois, voltei a encontrar o mesmo homem em outro voo para Nova York. Tão raro o reencontro entre passageiros e tripulação que me convenci de que aquilo era um sinal. Repetimos a magia do primeiro encontro, passamos outra noite juntos.

De volta ao Brasil, dois meses e meio depois, descobri que estava grávida. Marco Aurélio ficou felicíssimo com a notícia. Sem noção da provável data da fecundação, que jamais mencionei, começou a me paparicar como nunca, e me fez sentir indigna do seu carinho, principalmente porque, no fundo do coração, meu desejo continuava em Nova York.

Enfim, os nove meses de praxe se passaram, você nasceu, e seus olhos, azuis como os de seu verdadeiro pai, dirimiram todas as dúvidas. Marco Aurélio, castanho-escuro; eu, castanho-claro. Não havia como nós dois gerarmos uma criança com olhos de céu.

Apenas nos olhamos. Ele foi discreto, de uma elegância que ultrapassou minhas melhores expectativas. Sem saber o que dizer, limitei-me a baixar os olhos. Foi minha confissão muda.

Marco Aurélio poderia ter me expulsado de casa, mas preferiu sair, também em silêncio. Nunca o imaginei capaz de uma reação assim: desaparecer discretamente, sem os urros machistas que sua figura fazia supor. Em vez de rancor, demonstrou tristeza e grandeza de caráter, enquanto eu, envergonhada, me sentia apequenar.

Sozinha, com você nos braços, só me ocorreu procurar um detetive particular. Queria localizar o homem do avião, dar-lhe a notícia, celebrar e pedir socorro ao mesmo tempo, queria, mais que tudo, começar de novo, continuar a história de amor que tinha apenas dois capítulos curtinhos, escritos em Nova York. Não foram necessários mais que dez dias para que o detetive apresentasse seu relatório: Douglas, de quem eu só conhecia o primeiro nome, chamava-se Douglas Emiliano Gomes, era presidente recém-nomeado de uma empresa multinacional chamada Lindholm Svartsnaider Beauty, era casado pela segunda vez com uma mulher de nome Júlia, pai de três filhos do primeiro casamento, dois deles gêmeos, um dos quais já falecido. Anotei o endereço dele, na época no Itaim, e fui espreitar de manhã bem cedo, buscando achar uma oportunidade para abordá-lo. A mulher dele estava grávida, quase a ponto de dar à luz. Era muito vistosa, apesar dos oito meses de inchaço provocado pela gravidez. Quando a vi saindo com o marido, percebi que não tinha o direito de me intrometer naquela família. Tudo parecia harmonioso, exatamente como eu queria que minha vida fosse, não era justo estragar."

A carta continua, mas o texto até aqui já é mais que suficiente. Seu teor revela a mulher amorosa e emocionalmente vulnerável que me orgulho de ter como mãe. Na sequência, ela fala de quanto se empenhou para que eu pudesse estudar no exterior, fala de quanto a solidão começou a ficar insuportável e fala de minha avó Ismênia, mencionada num dos relatórios do tal detetive, cujo estado de abandono a fez concluir definitivamente que seu príncipe nova-iorquino não era tão encantado quanto parecia.

Lida e relida a mensagem da mãe que eu já não podia abraçar, mergulhei fundo na vida de meu pai como se estivesse abraçando uma causa. Trabalhar na LSB tornou-se obsessão. Conhecer melhor o homem que um dia seduziu minha mãe, e buscar compreendê-lo para tentar amá-lo ao menos um pouco, transformou-se na missão mais importante de minha vida. Pesquisar foi relativamente fácil, conseguir o emprego foi bastante difícil, mas amar meu pai mostrou-se praticamente impossível.

Apesar de poupado na carta, onde não tenho outro papel a não ser o de destinatário, lá está, nas entrelinhas, minha fatia de culpa. Uma longa fila de "ses" desfila diante de mim: se eu não esticasse tanto minha temporada na Europa, se eu não me envolvesse com aquele insano grupo terrorista, se eu mantivesse um contato mais frequente com minha mãe, se eu não dedicasse todo o meu tempo a mim mesmo e ao meu mundinho, se eu enviasse mais sinais de afeto, se eu não permitisse que o vazio a envolvesse do jeito que envolveu, se eu dissesse em alto e bom som o quanto ela era — e continua sendo — importante para mim, se eu não a deixasse só, se, se, se... uma lista interminável de hipóteses apontando na minha direção, dedos acusadores de omissão, insensibilidade... nunca mais. Aconteceu uma vez, com minha mãe. Se acontecer com meu filho, será imperdoável. Não vou deixar que aconteça.

Amanda.

POUCO ANTES DO POUSO, O INGLÊS TESUDO PUXOU conversa. Não exatamente inglês, revelou-se irlandês, de Dublin, leitor de James Joyce, talvez um dos poucos a compreender sua literatura hermética, e fã do U2, finalmente algo em que coincidimos. Foi fácil engrenar o papo, depois de eu ter agarrado a mão dele, e do meu embaraço pós-turbulência, ridículo aquilo, ah, pelo menos quebrou o gelo. Falou um pouco do seu trabalho, nunca imaginaria que se tratava de um oceanógrafo, mergulhador de fim de semana, adorador de golfinhos. Perguntou um pouco sobre mim, deixando-me nervosa com a seleção do que merecia ser dito para impressioná-lo, e quando a conversa começou a ficar boa, enveredando pelos pormenores de cultura e gostos musicais, puta que pariu, aterrissamos. Eu pernoitando em Madri, ele fazendo conexão imediata para as Ilhas Canárias. Por mais que quiséssemos avançar nas intimidades, nada feito. Nossos roteiros nos impediam de seguir adiante, e não consigo pensar num jeito mais idiota de abortar um romance. Abortar, que expressão infeliz! Entrei no banheiro xexelento do aeroporto, coloquei a calcinha de volta e, so long, farewell, acabou-se a fantasia.

Sempre assim. Quando viajei ao lado daquele dinamarquês escultural a caminho de Lisboa, a cabeça voou longe e, de novo, pousou sozinha no travesseiro do hotel. O danish boy, pelo menos, desceu no mesmo aeroporto e ia ficar uns dias em Lisboa como eu. Havia a possibilidade real de algo acontecer, mas, talvez porque a cidade estaria recebendo um monte de gente da empresa, amarelei. Laurent estava no aeroporto na hora em que desembarquei, chegava de Paris para nossa grande reunião bianual, e eu me senti a felizarda por ter desistido daquele homão louro a tempo. Pensando bem, acho que amarelei por sentimento de culpa. Naquela época, não queria trair o Douglas de verdade, só em pensamento, brincadeirinha inofensiva. Hoje, não teria nenhum problema, até porque não confio nem um pouco nele, e já me acostumei a traí-lo com o fofo do Guilherme. Taí, se eu fosse pra cama com o irlandês, sentiria mais remorso pelo Gui do que pelo Doug. Dá nervoso só de pensar. Vai ser horrível me encontrar amanhã em Paris com o homem que planeja arrancar o filho do meu útero. Machista, fora de moda, decadente!

Foi a única vez que estive em Lisboa, marcante por várias razões, mas especialmente por chapéus e luvas. A Chapelaria Azevedo Rua e a Luvaria Ulisses resumem aquela viagem, não só pelo fato de serem negócios condenados à morte resistindo heroicamente à marcha do tempo, mas também pelos nomes: Azevedo Rua e Ulisses; um — parecendo nome de rua às avessas; outro — herói mítico, sobrevivente de incríveis viagens. Curioso eu ter falado de Ulisses há pouco, com o vizinho irlandês que entende James Joyce. Quando estive em Lisboa, associei Laurent à chapelaria e à luvaria. Ele era a imagem do profissional que caminha para o cadafalso, caretão ultrapassado, e o coitado, sem noção como sempre, foi o primeiro a ironizar a persistência inútil daqueles empresários esquecidos de si mesmos. A palavra "decadência", saindo da boca do Laurent, tem um significado todo especial e, sotaques à parte, soa incongruente. Eu e Doug fizemos muitas piadas com esse encontro de antiguidades. Laurent, Azevedo Rua e Ulisses formavam um conjunto perfeito.

Madri também tem seu lado tradicional, mas nunca esbarrei tão diretamente com a tradição como aconteceu em Portugal. Talvez, se tivesse mais tempo para explorar a Espanha... duvido. São países de tamanhos diferentes, histórias diferentes e, a despeito de um passado conquistador em comum, vinhos de pipas diferentes. Enquanto o fado quase chora, o flamenco vibra e sapateia. Olé! Que venha o touro Douglas, resfolegando seu hálito de Herodes. Estou pronta para fazê-lo chifrar o vento até não poder mais, e cair de joelhos, exausto, à mercê da espada que vou cravar em sua nuca. Um golpe que ele não espera, certeiro, aplicado por trás. Se Doug visse o olhar de Guilherme quando inventei a história de que não transava mais com meu marido, e que o filho que trago dentro de mim é fruto de nosso romance clandestino... Contar sobre o casamento proibido foi o primeiro passo pra conquistar a confiança do garoto. Passamos a compartilhar esse segredo e, de um segredo para o outro, foi um pulo, começamos a protagonizar um segredo só nosso. Ter um caso com um menino cheio de princípios como Guilherme é mais seguro do que ser casada com Douglas. Não é um grande amante, longe disso, mas é alguém em quem se pode confiar, e ainda que não fosse tão confiável, dane-se, era indispensável convencê-lo da paternidade do meu baby. Claro que a possibilidade existe, é estatisticamente remota, e eu não estou nem aí para percentuais numa hora dessas. Precisava transformá-la de possibilidade em certeza, e precisava explicitar o plano abortivo de Douglas, e precisava fazer tudo isso de forma tão dramática que não permitisse ao espírito heroico do meu young lover um minuto sequer de paz. Guilherme é minha espada salvadora. Quando encerrei minha cena aos prantos, ele me abraçou tão apertado quanto nunca fui abraçada e sussurrou algo como "Nunca mais... Aconteceu uma vez. Não vai acontecer de novo". Não sei ao que ele se referia, nem quis perguntar, só sei que soou profundamente sincero e intuí que, a partir daquele momento, Guilherme daria um jeito de me ajudar. Ele nunca falha.

Douglas.

Abro os olhos, breu. Cegueira absoluta. Cabeça não cabe mais de tanta dor, o corpo sacode ao sabor de solavancos, já não me pertence. Morte não pode ser. Coração batuca desritmado, pulmões sugam o pouco ar que resta, realizam seu trabalho a duras penas. Nada pela boca, impossível, tudo pelas narinas, que a exclusividade faz parecerem assustadoramente estreitas. Estou sufocando, enterrado vivo num túmulo estranho, que trepida. Derrame? Ai, minha mãe! Não, não! Sinto cada membro, o sangue segue seu curso bombeado por todas as vias, um pout-pourri de dores — dói tudo —, anuncia que o corpo está conectado ao cérebro, e este, até prova em contrário, se mantém raciocinando e distribuindo ordens, mesmo que algumas sejam neste momento solenemente descumpridas. Não morri, não sofri AVC porra nenhuma, mas nem por isso estou no controle de meus movimentos. Há quanto tempo? Desde quando nesta situação? Na merda, imobilizado, inutilizado... Minutos? Uma eternidade, assim, de repente. Pancada, foi isso, na cabeça, depois mordaça, olhos cobertos, pés e mãos atados, pouquíssimo espaço, e ainda por cima compartilhado com este volume incômodo que se bobear é... claro, minha mala! Fechou o quadro.

Se antes estava ruim, piorou, zilhões de vezes. A cabeça agora em franca erupção. E este capuz não ajuda nem a respirar, nem a pensar. Preso na mala de um carro, em Paris, depois de um voo em primeira classe, que ridículo! O que esses loucos pretendem fazer comigo? Tenho de manter a calma, reassumir o controle, reagrupar as forças. É hora de o negociador entrar em ação, sou mestre nisso. Confiança, Douglas, muita confiança! Eles devem saber que podem obter um belo resgate, preciso fazê-los acreditar — aliás, é a pura verdade — que sou uma mercadoria valiosa, que estou disposto a colaborar, que tudo vai acabar bem e que... E se eles não estiverem atrás de dinheiro? Ecoterroristas, pode ser. Qualquer coisa pode ser. Se eu conseguisse desamarrar as mãos, ô nó apertado este!, daria pra abrir a mala e alcançar a arma que está lá dentro. Preciso tentar. Ainda que o sangue mal consiga circular em minhas mãos por força desta corda que, caralho!, preciso tentar. Todas as saídas são válidas numa situação extrema, desde as negociadas às mais violentas. Esses caras não sabem com quem estão se metendo. Eu também sei ser violento, mais do que eu mesmo consigo imaginar. Ai, cabeça!

O carro começa a balançar mais, estamos nos afastando da cidade. Aonde vão me levar esses bandidos? Não é possível que pretendam me matar, assim, sem mais nem menos. Estou ficando com o estômago embrulhado. Assassinato na França dá cadeia séria, não é aquela moleza que a gente vê no Brasil não, é bem diferente... Não faz sentido, porra! Eu aqui encolhido como um feto no útero deste carro à deriva, pedindo pra não ser abortado e sepultado numa via secundária. Que ironia, Douglas! A clínica de aborto contratada em Amsterdam pra dar um jeito em Amanda e você aqui humilhado, morrendo de medo nesta condição fetal. O enjoo está aumentando, não posso vomitar, não posso, estou amordaçado, acabo morrendo engasgado com meu vômito. Será que ela acharia graça de me ver assim? Provável. Mas não vou lhe dar esse gosto. Controle-se, Douglas. Componha-se. Procure administrar a respiração, esqueça que o ar é raro. Você já escapou de tantas, não vai ser esta que vai te tirar do eixo, não pode terminar assim, pense nos seus filhos, pense nos que precisam de você, pense, pense, concentre-se, não demais, relaxe, economize oxigênio.

Meus filhos, bela hora pra pensar neles, meus quatro complicadores de vida: Victor, Hugo, Frederico, Catarina. Nomes históricos, que escolhi pensando no bem deles, no quanto eles poderiam fazer história. Perdi um, detesto perder qualquer coisa, quanto mais um filho, com a ironia de ao olhar para o Victor enxergar o Hugo, tortura gêmea, não quero, não posso mais vê-lo. O que não se vê não existe. Dos três filhos que restaram, restou tão pouco. Só desgosto. Não fazem jus à minha história. Tenho vergonha de meus filhos. Tenho vergonha de pensar isso, mas acho que é isso mesmo, mais uma de minhas tantas verdades vergonhosas. Nenhum filho me seguirá no sucesso profissional, nenhum me acompanhará os passos na velhice, nenhum me ligará pra desejar feliz aniversário, Natal, Dia dos Pais, como eu também não ligo pra eles. Devia ligar, sei disso, é o que se espera de um pai, mas não sinto a menor vontade de fazê-lo. Acho que é porque não espero nada deles, simplesmente não são capazes de inspirar qualquer esperança em ninguém. Meus filhos são meus maiores traumas, inclusive o filho que não é meu, essa deformidade que viaja dentro de Amanda e que deveria se chamar Vasectomia, mas não vai se chamar porra nenhuma, porque não vou permitir que venha ao mundo para rir dos meus chifres. É proibido rir de mim, decretaria

Edward Mike Davis, da Tiger Oil, em um de seus memorandos folclóricos. Engraçado e detestável aquele cara, errava na forma, mas o conteúdo fazia sentido. Quem dá as ordens, ou se torna temido ou vira piada. Escolhi ser o temido. Piada, nunca, não tem a menor graça.

"Ninguém que inspirou terror pode viver em segurança. Deve temer a muitos aquele a quem muitos temem." Sêneca disse bem. Esta brutalidade que estou sofrendo só pode ser coisa de um desses cagões que morrem de medo de mim. Armaram a arapuca na saída do aeroporto como se eu fosse um bosteca igual a eles. Vocês estão lidando com Douglas Emiliano Gomes, presidente da Lindholm Svartsnaider Beauty Brasil, a terceira maior operação da LSB no mundo, ouviram, seus merdéis? Sou recebido com tapete vermelho por Marcel Mignonneau, francês legítimo, mandachuva dessa megamultinacional. Vocês não sabem o problema que estão arrumando por se meterem comigo. Tenho muitos milhões de euros a me proteger, um volume de dinheiro que vocês nunca viram, nem conseguem imaginar, capaz de produzir efeitos devastadores. E podem ir tirando da cabeça a ideia de meter a mão nesse bolo. Só gente escolhida a dedo consegue provar um pouquinho da muralha de grana que me cerca, só gente graúda, políticos com canetas poderosas, autoridades dos mais altos escalões, só gente fina, nunca uns insetos pestilentos como vocês. Estão crentes que vão me derrotar, não é? Não sabem do que eu sou capaz quando me contrariam. Eu conheço gente, eu tenho influência sobre pessoas que podem fazer coisas terríveis.

E se não forem uns bostinhas? Os caras têm boa aparência, estão bem-vestidos, falam bem. Podem até ser policiais, seria lindo. "Apenas um mal-entendido. O senhor foi confundido com um terrorista internacional. Por favor, aceite nossas desculpas pelo desagradável incidente." Aquela tensão no aeroporto não era normal, algo estava acontecendo ou ameaçando acontecer, nunca me senti tão intimidado no De Gaulle. Eu processaria o governo francês, ganharia uma bela indenização e sairia por cima, fiel ao meu destino. Hipótese 2: Não me confundiram com terrorista nenhum, talvez sejam investigadores de minhas atividades financeiras, as contas nas Cayman, sei lá. Alguma denúncia, talvez alguém da empresa... Mas quem? Amanda? Não seria tão estúpida a esse ponto, acabaria incriminada também. Ninguém mais sabe. A não ser que Amanda tenha aberto o bico. Com que propósito? Ela não age sem um objetivo bem definido, não faz sentido. Laurent? Esse nem desconfia. Tenho quase certeza de que nos viu saindo do prédio naquela noite. Mas daí a desenrolar todo o novelo... Que ele sente tesão por Amanda, sem dúvida. Por mais que disfarce, aquelas sacadas de rabo de olho são típicas. Mas daí a... não, nada disso, estou delirando. Ninguém na empresa faria nada contra mim. Porra de cabeça, merda de enjoo. Mantenha a cabeça ocupada, Doug, mas ocupada com pensamentos que prestem pra alguma coisa. Você funciona melhor racionalizando, nada de emoção. Respire... Pense... Os árabes barbudos do avião! Boa pista. Um dos sujeitos que me recebeu tem cara de árabe. Seriam eles o motivo do alvoroço no aeroporto? Mas por que não foram detidos? De repente, estou nas mãos de terroristas. Pode ser até que eu tenha sido usado como isca, e que nosso carro esteja sendo rastreado para que, ao fim do trajeto, a polícia entre em ação, desbaratando todo o grupo. Muita sacanagem se for isso. Arriscar minha vida sem meu consentimento vai custar uma fortuna de indenização a esses irresponsáveis. Não. Prefiro não ter ideologia metida nisso, nem polícia. Se forem terroristas, de preferência sem tiras por perto querendo bancar os heróis, que sejam terroristas profissionais, que queiram só dinheiro pra financiar as lambanças que eles aprontam no mundo. Não, não, prefiro mesmo é que sejam sequestradores profissionais. Terroristas têm essa mania de gravar vídeos ameaçadores, arrancar cabeças diante das câmeras... Com profissionais, interessados apenas numa operação lucrativa, sei lidar muito bem. Falaremos de negócios, como homens maduros e civilizados. Paris, Charles de Gaulle... ninguém se atreveria a praticar uma ação criminosa aqui se não fosse altamente profissional. Boa hipótese essa. Mais alguns minutos, a mala do carro se abre, eles me tiram o capuz, arrancam a fita da boca e eu lhes faço uma proposta. Se me deixarem falar, garanto que coloco os otários rapidinho no bolso. São só dois. Posso fazê-los ricos, e terminamos esta história com triplo final feliz. Cada um pro seu lado, todos montados na grana. Só o que tenho a receber com a operação Amazônia me deixa em posição pra lá de confortável. Mais desconfortável do que estou agora, impossível. Ainda vou rir disso tudo, rir por último, como sempre fiz até hoje. Isso, Doug, pensar positivo. Pensar, avaliar, planejar, agir.

Dois caras apenas. Duas balas acabariam com todos os problemas. A arma está logo ali, dentro dessa mala que me machuca o joelho com suas rodinhas. Rodillas, rodinhas... trocadilhos em espanhol numa hora dessas são mais inúteis do que... sei lá do quê, porra! São inúteis, simplesmente inúteis, distração besta do raciocínio pra escapar da realidade. E a realidade é uma fita na boca, uma corda nos pulsos, outra nos tornozelos, um capuz e um carro a caminho de um destino incerto, com participação especial de uma dorzona de cabeça e várias dorzinhas nos joelhos, nos punhos... Como aperta esta corda! Preciso livrar uma das mãos, antes que gangrene. A esquerda está quase saindo, só uma mãozinha fora e as duas se livram, aí eu acabo com esses putos, seria lindo. Desfaço o segredo da mala, pego a herança de papai, carrego a danada, e, quando os babacas abrirem o porta-malas pra começar o que quer que planejem fazer, *pow*! *pow*! Uma bala em cada testa e fim de festa.

Peraí. E se eles estiverem me levando para encontrar um grupo? E se o grupo tiver mais que seis? Até seis, me garanto, tenho seis tiros pra disparar. Só não posso errar, nervoso como estou... Acertar seis tiros sem falhar nenhum, só em filme. Ok, garanto que no primeiro tiro dentro ou fora do alvo todos fogem ou morrem de susto. Ninguém espera que um refém, amarrado, amordaçado e encapuzado, saia da mala do carro mandando bala como um Chuck Norris enlouquecido. O fator surpresa é foda. Não teriam me dominado tão fácil sem a surpresa que me aprontaram. Nem sei o que me atingiu, chave de fenda, martelo, barra de ferro, taco de beisebol... Só sei que dói pra cacete, como se minha cabeça precisasse de uma pancada pra doer. Já vinha doendo desde o Brasil, dor internacional. Duas dores somadas, interna e externa, é dor demais. Minha canhota empacou, não está mais achando espaço pra se mover, por mais que eu comprima, amontoe os dedos... Pensa no "s", Douglas, mão em forma de "s", esgueirante, deslizante... Que sufoco! O capuz agora está sufocando demais, estou encharcado de suor, ou será sangue? Suor e sangue misturados, pode ser. E a cabeça piorando, e a vontade de vomitar aumentando Merda! Ter de aturar tudo isso com a cara voltada pra baixo, olhando pro chão, era só o que faltava. *Apocalypse Now*. Meu pior pesadelo. O horror! O horror!

Guilherme.

YVES NASCEU FORTE, BONITO, SAUDÁVEL, PARECE UM europeuzinho. Tem olhos claros, como os da mãe, os cabelos, ainda ralos pela tenra idade, não deixam dúvidas sobre a loirice que, logo, logo, vai dourar aquela cabecinha desproporcional ao corpo. Bochechudo e sorridente, não deve nada aos bebês que aparecem em fotos publicitárias. Pernas arcadas cheias de dobrinhas, fofo demais, desses que dão vontade de apertar, de morder, essas coisas que a gente fala de brincadeira, revelando impulsos ancestrais que privilegiam os instintos no confronto com a razão. Seus quase quatro quilos, somados à centimetragem com que veio ao mundo, indicam que será um homem alto. Pode parecer corujice, mas é o filho que todo pai queria ter. Engraçado eu dizer uma coisa dessas, logo eu que não pensava em ser pai tão cedo, que fui totalmente surpreendido pela gravidez, que cheguei a sentir medo na hora em que recebi a notícia, gaguejando como um meninote diante do bicho papão. Quando aquela mãozinha acolchoada agarrou meu indicador, olha, foi difícil segurar a emoção. Ali senti o quanto de segurança minha figura representa para ele, ali imaginei algo além de um gesto reflexo, um agradecimento não só pelo fato de tê-lo gerado, mas principalmente pela intervenção secreta com que viabilizei seu nascimento. Era meu filho se comunicando pela primeira vez comigo, um sentimento único, com efeito balsâmico contra esta culpa estranha que não me larga.

Por mais que procure, não identifico nele muitos de meus traços, apenas Amanda parece enxergá-los. Talvez seja tendência normal dos casais, cada um só ver no filho sempre os traços do outro, nunca os seus. Yves tem muito da mãe, praticamente tudo, traduzindo na fisionomia o que ela transmite com sua autossuficiência e autoconfiança inabaláveis.

Amanda, ahn, ela, física... aparentemente está ótima. Tão bem que ninguém diz que saiu da maternidade há apenas três meses. Embora não esconda sua decepção por não ter concebido uma menina, a Barbie com quem imaginava brincar, encher de badulaques, mimar, decorar como árvore de Natal, esses sonhos em que o feminino se confunde com o infantil. Ficou diferente, bem diferente mesmo, depois de dar à luz, o que a princípio pode ter sido causado por algum transtorno psicológico pós-parto, soube que acontece com alguma frequência. O fato é que Amanda passou a me evitar, nega-se a assumir nossa relação e, consequentemente, minha paternidade. Coloca a empresa e suas duras regras como empecilho intransponível às minhas intenções de registrar a criança, morarmos juntos, celebrarmos em público nossa felicidade, tudo o que sonho fazer. Por mais que eu argumente, ela não abre mão de sua tese: para todos os efeitos, o filho é de Douglas. Ainda que a situação dela com ele seja tão irrevelável quanto a dela comigo, Amanda insiste em que eles são casados e que seria uma leviandade ignorar esse fato. Diz que ofenderia o marido assumindo que seu filho é de outro homem e, quando eu digo que ele desapareceu há mais de um ano, sempre a ouço retrucar que um ano e pouco de ausência não significa viuvez e que, a qualquer momento, Douglas pode entrar por aquela porta, apontando teatralmente para a entrada principal do seu apartamento.

Ironia do destino. Eu e meu pai, agora unidos como nunca, compartilhando a mesma mulher e a mesma sina de clandestinidade. Pai ignorado. Amanda prefere esse vazio na certidão do menino ao risco de documentar que teve um filho ou com seu superior hierárquico na LSB, ou com seu subordinado, opção que parece soar mais grave em sua voz.

Não consigo evitar pensamentos sobre algum preconceito ou vergonha que ela alimente pela disparidade de nossas posições sociais. Tudo soa tão dissonante que até essas preocupações, antes totalmente fora de cogitação, passaram a me rondar o espírito.

Como já disse, a favor de Amanda resta a presunção de que o parto tenha desorganizado temporariamente seu comportamento. Preciso dar-lhe esse crédito. Preciso de um mínimo de paz interior, um mínimo de sossego, depois de todo esse imbróglio...

Era pra ser só um susto. Foi o que pedi a Abdul, meu amigo argelino com longa lista de demonstrações de bom caráter. Tivemos várias experiências inesquecíveis juntos, no auge de nossa borbulhante temporada parisiense, encabeçadas pelo incomparável atentado ao D'Orsay. Foi tão intenso que nunca mais nos referimos ao episódio, tão sagrado que nunca tive coragem de perguntar se foi mesmo ele que impediu a bomba de cumprir sua missão e, em caso afirmativo, por quê. Seria uma pergunta pró-forma, já que no fundo ambos torcíamos pelo fracasso da explosão, assustados demais, com dúvidas demais e antecipando um remorso com o qual não queríamos conviver. O porquê de

Abdul era o mesmo que eu carregava no peito. Só um impulso humano mais nobre poderia levá-lo a boicotar o plano que desenvolvemos a tão duras penas, porque nenhuma dúvida restava sobre Abdul ser um homem de bem. Imagino que tenha sofrido uma barbaridade para tomar essa decisão, que bom que teve coragem de tomá-la. Poupou-nos de um futuro horroroso. Falo como se tivesse certeza do papel de Abdul em nosso bem-sucedido fracasso, de certa forma tenho, uma certeza que não vem de confissões, declarações, denúncias, intrigas ou conversas de qualquer natureza, nem mesmo boatos, uma certeza extraída de sua expressão de alívio quando tudo deu errado.

Seja lá o que tenha acontecido, desenvolvi grande admiração por ele. E foi com base nessa admiração, temperada com a gratidão pela tragédia abortada, que me ocorreu a ideia de contactá-lo. Sabia que ele se dedicava a causas ecológicas. Desde o nosso tempo de atuação conjunta, falava muito nisso e, depois que nosso grupo se dissolveu, guardado o prazo de necessária inatividade, Abdul focou seu idealismo numa ONG com longo currículo de ações heroicas, algumas bem radicais, contra os que ameaçam o meio ambiente.

Viver grandes emoções juntos cria laços indissolúveis. Isso ficou claríssimo para mim quando nos falamos. Parecíamos irmãos, felizes por reencontrar os elos perdidos da infância. Embora usássemos a linguagem codificada aprendida nos tempos em que pertencíamos ao mesmo grupo, havia nela um encharcamento afetivo que potencializava a técnica, tornando-a mais emocional e indecifrável do que pretendíamos. Quem nos ouvisse jamais imaginaria que estávamos tratando de uma ação ilegal. Já na saudação, deixei claro que havia um propósito sigiloso na chamada: “Salve, irmão!" Era a senha indicando missão à vista. A resposta "Salve, salve!" indicava que ele mantinha contatos que possibilitavam alguma flexibilidade de ação. Outros cinco telefonemas cumpriram o ritual do briefing, esclarecendo detalhes nas entrelinhas que, nos intervalos das ligações, eram complementados por SMS, postagens pseudoaleatórias em redes sociais e alguns e-mails, tudo aparentemente inofensivo, tratando de banalidades, lembrando tempos de escola, locais, datas, personagens e fatos que nunca existiram.

A meta proposta era impedir que a negociação da LSB na Amazônia fosse concluída, missão que àquela altura dos acontecimentos só teria êxito se Douglas fosse impedido de participar da reunião em Paris e desaparecesse do mapa por um tempo.

Não disse que se tratava de meu pai, claro, porque esse segredo é meu trunfo, meu calcanhar de Aquiles, e obviamente em nenhum momento sugeri que o matassem. Abdul sempre defendeu a tese do menor dano, e em várias conversas nos cafés de Paris tranquilizei-me ao ratificar que compartilhávamos o mesmo ponto de vista a esse respeito. Ele sabia que só precisava tirar Douglas de circulação por três meses, tempo suficiente para azedar a operação Amazônia (versão manifestada na proposta oficial), tempo bastante para evidenciar a gravidez de Amanda a ponto de inibir sua interrupção (versão real jamais mencionada). Três meses, talvez quatro, cinco, seis no máximo, em caso de zelo excessivo. Nada além disso.

O problema é que já faz mais de um ano, e a falta de notícias de meu pai começa a preocupar. Mas é a falta de notícias de Abdul o que realmente me apavora.

Ismênia.

A ESPANTALHO MUDOU DE CANAL, MAS EU VI. ERA O meu Douglas na televisão. Será que estou vendo coisas? Alucinação? Foi bem rápido, mas conheço a cara do meu filho, maluca ainda não estou, espero que não, ou será que... Ele, que nunca manda notícias, aparecendo assim de repente, em forma de notícia. A vida nos apronta cada uma. Não deu pra entender direito, mas desconfio que não seja coisa boa. Se fosse, por que a pressa da espantalho? Trocou de canal tão rápido que só pesquei uma palavra, qual era mesmo? Ah, sim... era ... ai minha memória!... Claro, claro! Desaparecimento, era sobre isso que estavam começando a falar quando apareceu a foto do meu Douglas, e uma propaganda de margarina que passava em outro canal cortou minha chance de matar as saudades. Será que ouvi bem? E se foi desprendimento, desenvolvimento, desalinhamento, ou alguma coisa parecida? Pode até ser que tenham falado "aparecimento" e eu tenha imaginado o "des", fui pega de surpresa, havia sons na minha cabeça, pensamentos vagando de um lado pro outro... Pra mim, desaparecimento faz todo sentido. Se fosse eu a fazer o noticiário da TV sobre meu filho, essa palavra seria a principal: desaparecimento. Só sei que meu Douglas está vivo porque as contas são pagas, e sei que as contas são pagas porque as espantalhos continuam vindo, tudo continua funcionando, e as flores — esqueci o nome —, as... miosótis... é isso mesmo? Acho que sim... tem a história bonita dessa flor. Como eu ia dizendo, os miosótis continuam chegando, e isso, além das contas pagas, é o carinho que recebo de meu filho. Tão ocupado e tão importante que as notícias dele agora vêm pela televisão. Me preocupa a pressa da espantalho. Pode ter sido coincidência, ia mudar mesmo de canal e, por acaso, mudou quando aquela pessoa parecida com o Douglas surgiu na TV. Vai ver que é isso, só uma pessoa parecida que a saudade confirmou como sendo meu filho, minha cabeça não anda nada bem. Se alguma coisa acontecesse com ele, alguém haveria de me dizer, especialmente se fosse uma coisa tão importante, pro bem ou pro mal, a ponto de dar na televisão. Mas que é estranho a espantalho mudar exatamente naquela hora, ah, isso é.

Outro dia vi duas delas cochichando com um jornal na mão, achei que era futrica sobre vida de artista, novela, essas coisas. Falavam bem baixinho com medo que eu ouvisse. Tem horas que falam de tudo como se eu fosse surda ou nem existisse. Esquecem de mim, como meus filhos esqueceram. Isso me revolta, mas prefiro a tagarelice do que os sussurros. Não gosto quando elas ficam de segredinhos. Falta de respeito, dentro da minha casa, me fazendo de tola... Não que eu me interesse pelo que essa gente conversa, é que me dá a impressão de ser coisa grave, coisa que elas acham que, se eu souber, vai me fazer sofrer. Como se eu já não sofresse bastante. Sofrer mais o quê? Cadê o espaço? Ficar surda? Cega? Muita maldade me privar do fiozinho que me resta de contato com o mundo. Perder minha filha? A... Ingrid... quase esqueço o nome de novo, é como se não existisse. E o irmão está indo pelo mesmo caminho. Não sei se estão mais ou menos enrugados, se os cabelos embranqueceram, se continuam com o mesmo penteado, mais gordos, mais magros. Sei muito mais da minha nora do que dos meus filhos, dela, a... Vanda, Virgínia, Vero... Vanu... Va, Val... Valéria, ufa!, e dos meus netos, filhos dela, são três, três meninos, já crescidos, dois são gêmeos, uma graça, todos muito bem, segundo ela me conta. Gosto de saber da família. Pra mim, família é tudo, mas nem isso tenho mais. Onde estão todos? Longe, atarefados, tentando se livrar de mim como de uma lembrança incômoda. Sou um estorvo inútil e, se alguma vantagem existe em não ter quase nada, é ter muito pouco a perder. Meu maior medo é desmemoriar de vez, perder minhas lembranças queridas, mas se essa desgraça se somar a todas que já me aconteceram, ainda assim terei uma vantagem: não vou lembrar de mais nada, de quem sou, do que fiz, do que deixei de fazer, nem das desgraças, nem das tristezas, nem de como eu tinha medo que isso acontecesse.

Ingrid.

Muito perturbador isso! Meu irmão em todos os noticiários, com tantas fofocas em torno do que aconteceu ou deixou de acontecer, nunca pensei... Agora é que não vou sair da toca mesmo. Imagina a imprensa atrás de mim, que transtorno, não tenho a menor vocação pra lidar com microfones, nem sou nada fotogênica. As coisas chegaram aonde estão do jeito que estavam, melhor deixar que continuem estando onde sempre estiveram.

E mamãe, como estará? Pra ela, coitada, não muda nada. Continua paradinha no seu canto, sem saber de coisa nenhuma, e o dinheiro pra seu tratamento é o que não há de faltar, Douglas deve ter mais milhões guardados do que os dias de vida que lhe restavam, ou ainda restam. Se eu me meter, talvez até atrapalhe. Mais tarde, depois que o assunto esfriar, dou uma ligadinha pra saber das enfermeiras se o esquema continua funcionando. Nunca falei com elas, não sei seus nomes, nem conheço seus rostos, talvez até se assustem vendo uma filha da paciente surgindo assim, do nada. Não duvido imaginarem que estou aparecendo agora com intenção de alterar o que Douglas organizou, talvez se sintam ameaçadas e corram em busca de outros empregos, ou — pior — queiram se aproveitar da novidade pra tentar me coagir a dar aumentos salariais, novos benefícios... essa gente é fogo. E tudo isso com o provável pano de fundo da desconfiança de que, qualquer coisa que eu faça, será sempre com interesse em algum possível pedaço de herança do meu irmão, o que passaria a envolver todos os filhos dele, ex-mulheres e a própria mamãe. Deus me livre! Ninguém sabe se ele morreu e eu já estou aqui pensando em herança. Morreu nada. Deve ser mais um dos planos brilhantes do Douglas. Quando a gente menos esperar, acendem-se os refletores e ele reaparece, estupendo como sempre.

Laurent.

Um dia tinha de acontecer. Douglas abusô, foi além dos limites do razoável... comment dire?... exorbitou. Non gosto de ficar falando, que non sou homem dessas coisas, mas... c'est la pure verité, e non se pode deixar que os erros se repitam até se tornarrem tan banais que non parreçam mais erros. Tudo o que fiz foi cumprrir meu dever, como semprre foi do meo... feitio. Estou nesta emprresa tem mais que quinze anos, alguns deles trrabalhados en France. Tenho aberturra com os maiorres autorridades mundiais da LSB, eles confiam em mim, e o que estava acontecendo por aqui... sabe como é... non dava parra silenciar, serria trraiçon aos meos superriorres e, prrincipalmente, aos meos prrincípios.

Douglas, onde quer que tenha se metido, deve estar pensando que eu trraí ele. Se pensa desse modo, se engana redondamente. Trrair quem trrai é, no máximo, pagamento no mesma moeda, legítima defesa, qualquer coisa comme ça, menos trraiçon. Apenas denunciei o que eu estava observando de irregular na emprresa. Inimigo a gente non trrai, denuncia. Tecnicamente, só se pode trrair quem confia na gente, o que non é o caso, nem eu confio nele, nem ele em mim, portanto...

Prrovas non tinha, apenas... comment dire?... indícios, mas erram muitos. Relatei, com toda a imparcialidade possible, o que chegou ao meu conhecimento e o que consegui farrejar. Non querria dar a imprresson de estar agindo por vingança ou interesse pessoal de derrubar o président parra ocupar seu lugar, até porque, embora eu seja o candidato mais naturral ao cargo, ainda existe Amanda, que é muito esperta parra non ter movimentado seus peças no tabuleiro. O ambiente está carregado, non há espaço parra riscos desnecessários.

Non comentei com ninguém — falo pouquíssimo —, mas às vezes tenho a imprresson de que desconfiam de mim. Dois dirretores especialmente — Isaac e Norberto — passarram a me olhar de maneirra estrranha, sem contar Amanda, clarro, que disfarça magistrralmente, mas jamais serria tola a ponto de ignorrar meo poder de fogo. Numa emprresa como a nossa, desconfiar é o mínimo que se esperra dos que prretendem crrescer ou, pelo menos, sobrreviver. E, como quase ninguém deixa rastrros, a desconfiança é o mais perto que se pode chegar da verdade, até que um acúmulo de desconfianças sobrre algum executivo desencadeie uma investigaçon prrofunda de prrofissionais especializados, estes, sim, capazes de encontrrar algo além das especulaçons, quando muito, indícios que eston ao nosso alcance. Enfim, desconfiando de mim ou non, ninguém jamais terrá certeza do que realmente eu fiz ou deixei de fazer. E — o mais importante — é que estou em paz com minha conscience. Apenas levei aos ouvidos de Mr. Mignonneau os rumorres que rondavam nossas negociaçons na Amazônia e o naipe dos políticos que passarram a orbitar em torno de Douglas desde que a decison de implementar o prrojeto começou a ganhar força na emprresa. Confesso que temperrei meo denúncia com um comentárrio, quase displicente, sobrre os sinais de riqueza que abundavam no dia a dia do nosso président. Nada tan incisivo que pudesse soar mal-intencionado. Falei pouco, como semprre, deixando muitas reticências parra que a imaginaçon do interlocutor pudesse prreencher as lacunas.

A fama da LSB é de extrrema rigidez com casos de desonestidade. Ouvi dizer que o departamento de inteligência da matrriz, certa ocasion, chegou a manter um dirretor prreso por várrios dias, interrogando com tanta competência que ele confessou até o que non estava sendo investigado: mantinha relaçons homossexuais com outrro dirretor. Deve haver algum exagerro nisso, mas a histórria circulou pelos corredorres na époque em que trrabalhei en France e, seja qual tenha sido a causa, o fato é que os dois dirretores pedirram demisson com intervalo de apenas um mês entrre um e outrro, ambos alegando buscar novos desafios profissionais, sabe como é...

Muito perrigoso prromover interrogatórrios desse tipo, nem todo mundo aguenta... dependendo da saúde, do estado emocional da pessoa... Por isso, acho difícil que uma emprresa como a LSB se exponha dessa maneirra, prraticamente impossible. Nem quero imaginar o escândalo que uma atitude mais radical poderria prrovocar no mercado, na cotaçon dos açons... a non ser que... bien... a non ser que o radicalismo da atitude se justifique por evitar outrro potencial escândalo de proporçons maiorres e, consequentemente, mais prrejudicial à imagem da... emprresa.

Bom, melhor ficar quieto e deixar as coisas seguirrem seu rumo. Enquanto os ânimos non se acalmam, prreciso preparrar o espírrito para o jantar especial deste noite. O fato de Amanda ter aceitado meo convite pode non ser nada além de civilidade corporrativa, mas... sabe como é... nunca se sabe...

Amanda.

Canalha, traíra, verme, gosmento! Garanto que está morrendo de rir de todos nós, levando vida de faraó, com nova identidade, em algum lugar idílico, mantido pelo dinheiro que nós dois plantamos em nosso éden fiscal. A conta da off-shore foi zerada exatamente no dia em que embarcamos pra Europa; cada um em seu avião, cada um com seu destino, cada um com seus próprios planos, cada-um-por-si-o-diabo-por-todos. Descobri um mês depois, idiotamente cheia de zelo pra não levantar suspeitas. Ah, o que é que vão pensar? Um contato com o banco logo em seguida ao desaparecimento do titular da conta poderia atiçar um vespeiro, acender uma seta de neon sobre mim, Las Vegas style, shit! fuck! puta merda! Douglas armou direitinho: primeiro a grana, depois ele. Sumiço sequencial. Armou pra cima de myself, da LSB, de todo mundo. Armou literalmente, ele e aquele revolverzinho herdado do pai se equivalem, existem só para destruir, alguma merda sempre engatilhada. Do plano original que os pombinhos traçaram na época do casamento, só resta a cadeira. Mas, com tudo se precipitando desse jeito, não há como imaginar que esteja garantida, nem um pouco, longe disso. A matriz demora a se manifestar, Laurent está se mexendo intensamente nos bastidores, o target se move, o cenário trepida, haja sangue-frio! Só que eu também não estou parada, meus anjos. Já perdi muito, essa cadeira eu mereço, e vou brigar por ela como louca. Devidamente deletados os vestígios que me ligavam às manobras daquele cachorro, estou investindo nos laços que tenho na companhia, e os que não tenho trato de construir, inclusive com meu adversário direto. Homens são presas fáceis, babacas, previsíveis. Douglas me surpreendeu, ok, exceção que comprova a regra. Custei a realizar o que havia acontecido, cheguei a me preocupar com o safado, olha que absurdo. Agora me preocupo de outro jeito, por outros motivos. De vez em quando, temo que ele reapareça com alguma nova carta na manga, tipo aqueles filmes de suspense que fingem ter acabado, mas guardam um susto, uma virada que ninguém espera.

A cadeira que eu quero ocupar está vaga, mas não está vazia. Um vulto continua sentado ali, vulto presidencial, padrasto, sinistro. Meu Yves, lindo de fazer inveja na mulherada toda, coitado, vai crescer sem pai. Não que eu ache isso de todo ruim, apenas um tanto quanto chato. Para uma criança que nasceu com dois pais em potencial, terminar sem nenhum é, no mínimo, frustrante. Dizem que menino precisa de referência masculina, ter alguém em quem se espelhar, essas coisas. Mas um espelho como Douglas? Ninguém merece. Melhor ser gay assumido e realizado do que seguir um modelo de homem torto como aquele. Aliás, ter um filho gay talvez compensasse um pouco a decepção de não ter parido uma menina. Eu poderia enfeitá-lo à vontade, depois que ele crescesse um pouco a gente poderia fazer compritas juntos, opinar nas roupas um do outro, ficaria mais divertido comprar presentes... Claro que eu seria linchada em praça pública, condenada pelos preconceituosos, sem direito a apelação, por estimular o "desvio sexual do garoto". Se pelo menos essas tendências se manifestassem nos primeiros dias, tudo seria mais fácil. Mas não, tem de esperar até a adolescência, exatamente o período da vida em que o ser humano fica mais insuportável do que nunca.

Outra saída no campo da macheza: o pai plano B. Às vezes acho até alguns traços em comum entre Yves e Guilherme, mas é alucinação, só pode, tão improvável que logo o sêmen do Gui tivesse feito o serviço, tão raras foram nossas transas. Além do mais, nada interessante para meus planos de carreira neste momento, muito criança, muito pobrinho, queimação de filme geral. Que futura presidente de multinacional é essa que vai pra cama com um reles assistente?

Com Laurent já seria outra história. Dois colegas de vice-presidência, mesmo nível hierárquico, nada mal. O regulamento mais uma vez burlado, grande novidade, estou treinada nisso. Discrição ferrenha é coisa que tiro de letra, e não parece tão difícil para o francesinho, ele sempre se mostrou um mestre na dissimulação. Trabalhar melhor o olhar, talvez, deixou-se denunciar pelos olhos em algumas reuniões, percebi quando Douglas notou. Não, não, não, não. Calma, Amanda! Nada de precipitações. Pense no sacrifício que seria deixar-se comer repetidamente por um cara tão sem sal. Você já passou pela experiência, sabe a roubada que é. Respire fundo, controle-se, e mantenha a situação under control. Se tiver de ser, será, mais dia menos dia, mas sem pressa.

Cíntia.

Observando agora, a distância, o quadro fica mais claro.

Pinturas precisam ser vistas de perto, pra gente sentir o vigor das pinceladas, perceber melhor a promiscuidade das cores, mergulhar na riqueza dos detalhes. Mas também carecem da visão do todo, do conjunto da obra. Dessa perspectiva ampla, Douglas é Goya e Munch, ao mesmo tempo. Nele convivem *O colosso* devorador de Goya com *O grito* desesperado de Munch, dois quadros opostos, exceto por serem igualmente sombrios. Douglas é a treva, mas morria de medo do escuro. Mentia sua altivez e tentava se impor aos que o cercavam porque se apavorava com a ideia de ser enganado ou destronado. Não ser o todo-poderoso, para ele, era o mesmo que estar indefeso, imagino que fosse seu pior pesadelo.

Fugia de si escondendo-se em copos e mais copos, mas faltava-lhe no alcoolismo o estilo que demonstrava em outros aspectos de sua vida. Acho que só os artistas conseguem romantizar o vício (Charles Bukowski, Jack Kerouac, Scott Fitzgerald, William Faulkner, Van Gogh, Gauguin, Jackson Pollock...), porque da lama de sua decadência às vezes nascem lírios (Billie Holiday, Marilyn Monroe, Janis Joplin,

Amy Winehouse...). Sem a bebida, talvez Pollock nunca tivesse pintado um arco-íris cinza, e Hemingway, quase me esqueço dele, talvez nunca escolhesse dar à sua existência um desfecho tão dramático quanto seus melhores livros: matar-se com a arma que a mãe lhe enviou, lembrança de seu pai também suicida... o mesmo gesto, com a mesma arma, unindo pai e filho para sempre.

Analisando o quadro agora sob novas luzes, enxergo pinceladas de vítima que antes não via. Que fatos esculpiram o Douglas que conheci? Que molduras o limitavam? Que culpas o afogavam? Que delírios o levavam a só pensar em poder e riqueza? Pobre Douglas. Falava tanto em Sêneca que acabou ilustrando uma de suas melhores frases: Uma grande riqueza é uma grande escravidão.

Júlia.

DESASSOSSEGO.

É só o que sinto agora.

Douglas não está mais por perto. Talvez nem por longe, que se dane. Diretamente, já não me ameaça, mas o estrago tá feito.

Desassossego é uma coceira que não acaba, herança dos que vão do mesmo jeito que vieram: sombrios. Ouvi dizer uma vez que a sombra do condor amedronta suas vítimas independentemente da distância que ele esteja do chão onde a sombra se projeta, mesmo que a presa se encontre fora do seu alcance, não importa. A sombra não se satisfaz em cobrir, ela invade, como um líquido escuro, espírito intruso, esperma indesejado.

Se bem o conheço, Douglas fugiu, tramou seu desaparecimento pra escapar das responsabilidades, se escondendo de um passado que começou a ficar pesado demais, pra consciência e pro bolso. Morrer? Quem dera. Mas meu sexto sentido se recusa a acreditar. Aquilo é vaso ruim, não quebra assim tão fácil. Passa derrubando tudo, como um furacão, e segue seu curso, derrubando mais e mais, pelo maior número possível de lugares. Soprou Ludmila pra tão longe que nem sei... nada sobre minha filha, até hoje, nunca mais nem uma única notícia. Sorte, puro acaso biológico, mas ainda assim uma bênção, ter gerado Catarina, meu tesouro, meu oásis. Morro de medo só de pensar em perdê-la. Catarina é tudo o que tenho, tudo, tudo, tudo, tudo.

Além dela, só minha eterna coceira.

Desassossego.

Valéria.

De tudo, o que mais incomoda são os silêncios. Oportunidades perdidas de trazer a alma à tona, não palavras com o poder revelador de mil gritos, primeiro reprimidos pela razão, depois emudecidos para sempre pela acomodação do desamor.

Quando nos separamos, a distância soava mais alto. Distância é a concretização do silêncio, faz esquecer a ausência das palavras com o som ensurdecedor da ausência física. Restou um enorme vazio recheado de ecos. Mas a silhueta permanecia, os contornos de Douglas ainda transitavam pela casa, sentavam no lugar que ele gostava de ocupar no sofá, deitavam no mesmo lado da cama. Tudo permaneceu intocado, como se ele estivesse apenas viajando e fosse aparecer a qualquer momento, com a mesma cara de quem passou o dia muito ocupado. Quantas vezes sonhei com isso: o barulho da chave na porta, a porta se abrindo, e Douglas empurrando as malas na frente, como sempre fazia ao regressar das viagens de negócios, para entrar depois, como um rei em seu castelo, de volta do exílio. Cena de cinema. Eu o abraçaria apertado, igual ao pai da parábola do filho pródigo. Eu o perdoaria em nome de um final feliz, porque sempre acreditei que toda história merece um final feliz, e a nossa não é uma história qualquer. Bonita história, sim, me orgulho dela, desde o namoro, a gravidez, o casamento... se não totalmente feliz, pela tragédia que atingiu nossos filhos, pelo menos com algum vestígio de felicidade. Merecíamos esse vestígio, ao menos isso, depois de tudo que passamos. Seria demais um vestígio?

Um pequeno fio onde eu e nossos filhos pudéssemos nos agarrar? Nada demais ter algo minimamente além do nada absoltuo. Algum contato com o Fred, com o Victor, abandonados, esquecidos, como se não tivessem pai. Algum sinal de solidariedade, que não fosse de amor, se isso é pedir muito, mas uma microscópica centelha de sentimento paternal ainda que instintivo... já servia.

Ah, meu Victor! Às vezes acho que o Vitinho vê coisas, fico com a alma revirada com algumas atitudes dele. Outro dia, mal cheguei na clínica, pegou debaixo do travesseiro a Bíblia que lhe dei de presente na Páscoa. Nunca acreditei realmente que fosse lê-la, era mais uma forma de tentar abençoá-lo, protegê-lo, coisa de mãe. O fato é que ele leu e marcou um trecho pra me mostrar. Fico arrepiada só de lembrar. Era um trecho do livro da Sabedoria. Anotei a passagem e coloquei um marcador na Bíblia aqui de casa. Vitinho leu pra mim, pausadamente, quase solene, parecia um sacerdote. Falou assim:

"Mas a morte, os ímpios a chamam com o gesto e a voz. Crendo-a amiga, consomem-se de desejos, e fazem aliança com ela; de fato, eles merecem ser sua presa. Dizem, com efeito, nos seus falsos raciocínios: Curta é a nossa vida, e cheia de tristezas; para a morte não há remédio algum; não há notícia de alguém que tenha voltado da região dos mortos. Um belo dia nascemos, e, depois disso, seremos como se jamais tivéssemos sido! É fumaça a respiração de nossos narizes, e nosso pensamento, uma centelha que salta do bater de nosso coração! Extinta ela, nosso corpo se tornará pó, e nosso espírito se dissipará como um vapor inconsistente! Com o tempo nosso nome cairá no esquecimento, e ninguém se lembrará de nossas obras. Nossa vida passará como os traços de uma nuvem, desvanecer-se-á como uma névoa que os raios de sol expulsam, e que seu calor dissipa. A passagem de uma sombra: eis a nossa vida, e nenhum reinício é possível uma vez chegado o fim, porque o selo lhe é aposto e ninguém volta. Vinde, portanto! Aproveitemo-nos das boas coisas que existem! Vivamente gozemos das criaturas durante nossa juventude! Inebriemo-nos de vinhos preciosos e de perfumes, e não deixemos passar a flor da primavera!"

Leu até este ponto. Fez uma pausa incomum que, por um instante, me fez lembrar de Douglas e seus silêncios. Depois, com o toque infantil que continua transparecendo em sua voz, perguntou: "Mãe, o que é ímpio?"

A singeleza da pergunta me tocou tão fundo que caí no choro, murmurando entre pequenos soluços: "Ai, meu Deus! Ai, meu Deus!" — Sentia estar diante de alguma revelação especial, não muito clara, mas nitidamente especial.

Aí, Vitinho sorriu com uma serenidade beatificada, nunca antes demonstrada, e comentou: "Mãe, tá saindo estrela do teu olho."

Victor.

SIRIUS, CANOPUS, RIGEL... "ORA, DIREIS, OUVIR ESTRElas! Certo, perdeste o senso! E eu vos direi, no entanto, que, para ouvi-las, muita vez desperto e abro as janelas, pálido de espanto." Arcturus, Vega, Capella... Não ouço estrelas, mas imagino o que elas dizem. Vejo as figurinhas noturnas cintilantes com toda poesia que posso e, quando elas se distraem, *vapt*, mais uma pra minha coleção. Existem várias maneiras de olhar estrelas, só duas interessam: olhar-contemplação e olhar-ambição. De um lado os que admiram, do outro os que invejam. Tudo o mais é variação dentro desses dois polos.

Betelgeuse é bem maior do que o Sol e, ainda assim, poucos a conhecem. O Sol é uma estrela de quinta, o que importa? Ser estrela é o bastante. Estrelas são medidas por magnitude, não por poder. Poucos poderosos têm magnitude em nosso mundo. São estrelas deslumbradas que a quase ninguém deslumbram. Coitados.

"Direis agora: 'Tresloucado amigo! Que conversas com elas? Que sentido tem o que dizem quando estão contigo?' Eu vos direi: 'Amai-as para entendê-las.'"

Adoro essa poesia. Adoro o "ora, direis", porque acho que a vida é um grande disse me disse. Adoro o "Tresloucado amigo", porque acho que é isso que sou, e acho que amigo é muuuiiiiito mais importante que tresloucado, mas também acho que, por ser tresloucado, tenho poucos amigos. Nem meu pai é meu amigo. Triste. Tanto tempo sem me ver, talvez já tenha virado estrela, dessas que vivem apagadas, fora de alcance. Huguinho é estrela brilhante, bonita. Só quem contempla e admira vira estrela assim. Meu pai não. Sempre quis estar no alto, falava muito nisso, mamãe me disse. Queria que a gente fosse como ele, sem entender que estar no alto não é questão de subir, é questão de magnitude. Minha mãe me ensinou. Entre um aimeudeus e outro, falou em magnitude, e eu anotei no coração, depois estudei e agora tenho certeza. Meu pai não contemplava, duvido, tinha o olhar-ambição. Pena dele.

Quando olho pro céu à noite, brilha Huguinho, brilham as lágrimas de minha mãe, mas meu pai, coitado, continua no escuro.

Guilherme.

NADA MAIS ME LIGA ÀS RAÍZES. SEM MÃE, SEM PAI, SEM irmãos, só minha sigilosa avó, em solitário esforço, emite sinais familiares. Frágil, quebradiça, uma florzinha no deserto, teimando em viver.

Saber de sua existência me comoveu desde o primeiro momento. Uma visita anônima, há alguns anos, fazendo-me passar pelo neto que realmente sou, apenas fingindo ser outro, foi o suficiente para entender seu estado de abandono e fazer brotar a ideia dos miosótis.

Flores adornam ambientes com beleza e boas energias, mesmo estando elas próprias em seus derradeiros e desesperançados momentos. Flores são delicadas, desmanchadiças, tênues, mas sustentam emoções dos mais variados tamanhos.

Em meio aos segredos pesados que carrego, benditas sejam as flores de minha avó, únicas, anônimas, me oxigenando de paz.

Ismênia.

HÁ MOMENTOS EM QUE TUDO ME ESCAPA. E, QUANDO nada mais há que escapar, escapo eu de mim mesma. Entendam fuga os que assim quiserem, mas nem essa capacidade me resta. Só me resta a solidão. Tão absoluta e implacável que ameaça privar este caco de gente de sua já minguada presença. Deserto de imagens, nomes e datas. Uns e outros me ocorrem sem aviso, esparsos, desconexos. De que adiantam, se não consigo dar-lhes sentido?

Meu filho, onde está o nome daquele que casou com Valéria? Perdeu-se, esconde-se em alguma gaveta escura num canto da memória trancado a sete chaves que não sei se... se o quê? Esqueci o que estava dizendo. As palavras começam a rarear, e nem mais me ocorre do que estava falando.

Meu Deus, as flores. Estão na jarra, chegaram hoje e nem recordo a que horas. Mas existem, e enquanto existirem... Duram pouco, e daí? Miosótis. Lembro seu nome: Mi-o-só-tis. Lembrança de meu filho deslembrado.

Nem tudo está perdido, nem tudo.

Este livro foi composto na tipologia Minion Pro,
em corpo 11,5/15,3 e impresso em papel off-white
no Sistema Cameron da Divisão Gráfica
da Distribuidora Record.